「五センチ」になった母

橋爪さんとふるさと――石川啄木とちがって

近藤典彦（国際啄木学会前会長・現理事）

前著『春よ来い』につづいてはしがきを書かせていただくのは、光栄ですが畏れおおい気がします。三冊目を出される橋爪法一さんは今や立派なエッセイスト。わたくしの出る幕ではない気がするのです。

橋爪さんのお母さんはある日突然「五センチ」（！）になります。「五センチ」にしたのは認知症がすすんで介護施設に入っているお父さん。この時お母さんは八三歳、お父さん八〇歳。

本書の中心はタイトルが示すように高齢のお父さん・お母さんをめぐるエッセーです。

著者のご両親に対する愛情は深くこまやか。ご両親の恩を片時も忘れていません。

「父母の恩は山よりも高く海よりも深し」とことわざに言います。最近まで古くさいことわざだ、教育勅語的道徳の残骸だ、くらいに思っていました。しかし父を三六年前に亡くし、母を一昨年亡くして後、わたくしは父母の恩愛をひしひしと感じるようになりました。時として心の中で「孝経」の有名な一節を口ずさんでいるわたくしがいます。「身体《しんたい》髪膚《はっぷ》之《これ》を父母《ふぼ》に受く（体は髪の毛から皮膚まですべて父母からいただいたものである）」と。（父母はわたくしが一五歳の時に離婚したのでした。）


共産党員の橋爪さんはわたくしが古稀になって自覚したことを、初めから知っていて、恩愛に報いる子供の側の愛をごく自然に日々実践してしておられます。それがこのエッセー集の核心部分です。

もちろん娘さんとふたりの息子さんたちに対しては奥さまとともに父母としての深い愛を注ぎます。

そうした愛は親族全体の中へ、ふるさとの人たちの中へゆたかに広がって行きます。それがこのエッセー集の全体を形づくっています。

橋爪さんについて『春よ来い』のはしがきでこう書きました。

この人は人にやさしい。ふるさとにやさしい。ふるさとの自然にやさしい。と。

今回同じ結論に達した時こんなことを思って可笑しくなりました。「石川啄木はふるさとと切断された時、ふるさとをめぐる名歌をたくさん残したけれど、橋爪さんならどうなるだろう。」

石をもて追はるるごとく
ふるさとを出でしかなしみ
消ゆる時なし

と啄木はうたいました。そしてふるさと渋民村を想ってうたいます。

やはらかに柳あをめる
北上の岸辺目に見ゆ
泣けとごとくに

かにかくに渋民村は恋ひしかり
おもひでの山
おもひでの川

橋爪法一という人は石川啄木とちがって、日々ふるさとから生気をもらって生きています。ふるさとと切断されたら、すぐに生気が切れてしまうでしょう。かれはふるさとの中にいてこそ無限の生気をもらい、もらった生気をふるさとにお返しすることで生きている人だと思います。

二〇一〇年三月五日

「五センチ」になった母＊もくじ

橋爪さんとふるさと——石川啄木とちがって　近藤典彦　003

第一話　ウンメェー　009
第二話　お下がり　012
第三話　和牛の仔　015
第四話　大丈夫ですか　018
第五話　牛や牛飼いたちは…　021
第六話　花　024
第七話　残された黒板　027
第八話　母乳を飲めない仔牛　030
第九話　牛飼いの勘　033
第一〇話　記念写真　036
第一一話　解散総会　039
第一二話　人を励ます　042
第一三話　母の自転車　045
第一四話　医者の「面接試験」　048
第一五話　招待旅行　051
第一六話　開通　054
第一七話　晴れ姿　057
第一八話　父の「小旅行」　061
第一九話　ありがとう　064
第二〇話　サルトコの日に　067
第二一話　再会　070
第二二話　大きな靴　073

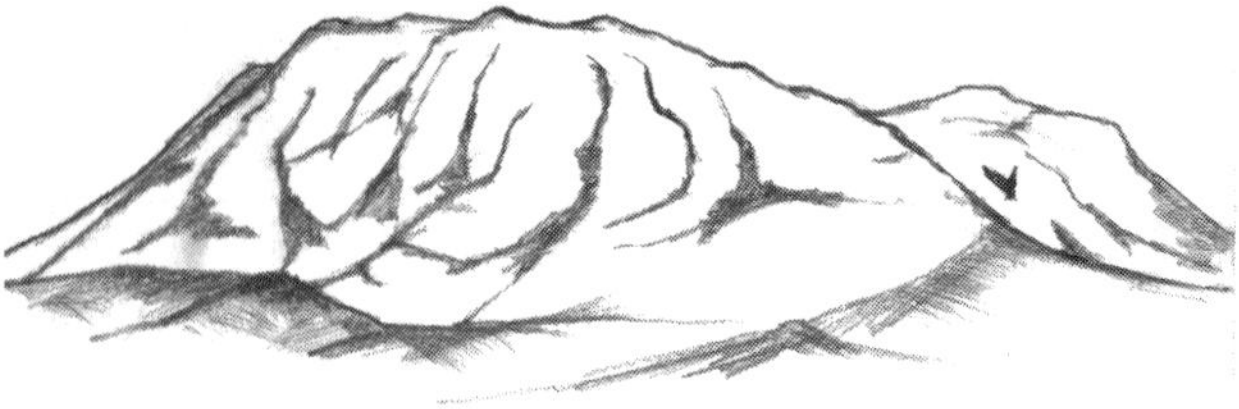

第二三話　心いっぱい　076
第二四話　生還　079
第二五話　「五センチ」になった母　082
第二六話　お風呂　085
第二七話　ラジオ深夜便　088
第二八話　最後のロードレース　091
第二九話　ギプスのお守り　094
第三〇話　いもご　097
第三一話　ぎっくり腰　100
第三二話　緊急入院　103
第三三話　漬け菜汁　106
第三四話　花になる　109
第三五話　プレゼント　112
第三六話　亡くなった後に　115
第三七話　散髪　118
第三八話　「転ぶなや」　121
第三九話　ワラ集め　124
第四〇話　落ち穂拾い　127
第四一話　指相撲　130
第四二話　手をつなぐ　133
第四三話　ベニコブシ　136
第四四話　特別参加　139
第四五話　寄り添う　142
第四六話　ひぐらし　145
第四七話　最後の手紙　148
第四八話　帰省　151
第四九話　つるし柿　154
第五〇話　安否確認　157
あとがき　160

第一話＊ウンメェー

「足谷《あしだに》のばちゃ、どうも具合よくねぇげらだ」…親戚筋のSさんからこう言われ、二月二六日、私は母や板山の伯母とともに入院先の松代病院を訪ねてきました。「足谷のばちゃ」というのは伯母のチヨノばあさんのことで、母の一番上の姉にあたります。糖尿病の治療のため、四年ほど前から入退院を繰り返しています。

チヨノばあさんはとても話好きで、見舞うといつも、「もう会えないと思っていたじゃ」と大きな目をぐりぐりさせ、うれしさいっぱいの表情で話しはじめます。そして子どものころの遊びの話から東京大空襲の話、さらにはわが家の牛乳生産の話に至るまで次々と思い出を語ってくれます。ところが、今回ばかりはちょっと様子がおかしい。ベッドのそばへ行ってもいつものうれしい表情がまったく見られないのです。話すどころか、ほとんど目を開けることがありません。

「おばあちゃん、さあ、起きなさい。おばあちゃん、大勢見えていいねぇ、いっぱい話しなさい」。背の高い看護師さんの呼びかけでやっと目を開いたチヨノばあさんは、ベッドの周りにいる母と板山の伯母をしげしげと見つめます。

「おばあちゃん、誰だか分かる？」

一秒、二秒、三秒、四秒、五秒、私も母も板山の伯母も緊張して待ちました。突然、伯母の口が動きました。

「キョウダイ！」

ああ、よかった。入れ歯をはずした伯母のしわくちゃな口から声が出たのです。しかもピントのずれたことを言うのではなく、相手を正確に見てしゃべっている。私は、チヨノばあさんはまだ大丈夫だ、と思いました。

一度、しゃべり始めればしめたもの、後はゆっくり思い出してもらえばいい。伯母にお昼を食べさせながら、みんなで声をかけてみました。

「はい、ばちゃ、おかゆだよ。これ食べれば長生きできるからね」「さあ、アーンして、今度は美味しいものだよ」

何よりも食べることが好きな伯母は、用意されたゼリー状の食べ物を次々と食べていきます。そして伯母は「ばちゃ、うんめぇかね？」の問いかけに再びしゃべったのです。

「ウンメェー」

大きな声でした。周りのみんなが笑いました。姉妹三人が並んだ時の顔は大きさや髪型こそ違うものの、頬の角張っているところや垂れ目のところが共通していて、やはり、似ています。母のキョウダイは七人でしたが、ここ一、二年の間に二人も欠けてしまい、いまは四人になってしまいました。私は三人の顔を見比べながら、この三人が以前のように楽しそうにしゃべる姿を思い浮かべていました。

それにしても、見舞った私と母、板山の伯母の三人が病室を離れようとした時のチヨノばあさんの顔が忘れられません。前回見舞った時までは、帰ると言うと、「もう帰るがか」と露骨にさみしさを訴えていました。今回は、どういうわけか一言も言わず、瞼《まぶた》をぎゅっと閉じて必死に涙をこらえていたのです。ばちゃ、がまんしなくていいんだよ。泣いていいんだよ。

（二〇〇二年二月）

第二話＊お下がり

最近、おもしろいことに気づきました。結構いい年をした人が子どもからもらったお下がりの服を着ているのです。それも一人や二人ではありません。ずいぶん多くの人たちが着ているようなのです。今日の経済情勢も多少は反映しているのでしょうが、どうも私には、それとは違った要因があるような気がしてなりません。

かく言う私も子どものお古を着ている一人です。寒い時期がやってきて私が一番お世話になる防寒服はロングコート。これは長男が高校時代に着ていたスポーツ用のコートで、数年前に譲り受けてから、外出時、特に荒れた天候の時には欠かせない愛用品になっています。

コートの色はライトブルー。五〇を過ぎた男が着るには少し派手過ぎるかも知れません。それに、私よりも一〇センチ以上も背の高い者が着ていたものということもあって、手を通してもダブダブです。誰が見ても格好悪いと思うようなものをなぜ着ているか。じつは、思いのほか、着心地が良いのです。長時間、寒風にさらされるような時、何よりも、着た時の温かさがこたえられません。そして気楽に羽織って出るにも便利です。コートがかなりくたびれた状態になったいまでも着ているのはこのためです。

コートを譲り受けてから間もないころ、どちらかといえば若者向けの色をしたコートを着て歩く姿に人がどう反応するか、ちょっぴり心配でした。本気であろうが冗談半分であろうが、「若々しくて、なかなかいいねかね」と言われた時、「ありがとう」と素直に言葉を返せばいいのに、いつも「いや、これから嫁さんをもらうわけじゃないしさ……」。やはり、恥ずかしさが心のどこかにあったのでしょうね。

でも、この恥ずかしさはちょっとしたことがきっかけで、すっと消えました。雪が結構降ったある朝のことでした。ライトブルーのコートを着て小走りしていたら、近くで除雪作業をしていた人が、

「おまん、ペンギンみたいだね……」

と声をかけ、微笑んでいます。

「ペンギン？　なるほど、そんなふうに見えるのか」。実際、ダブダブのコートを着ると、

手の先はほとんど出ません。これを着て、小またで急ぐ姿はおどけたふうに見えても不思議はありません。それにしてもうまく表現するものです。感心した私は、以後、時々ではありますが「青いペンギン」を意識して歩くようになりました。

私は一九五〇年生まれです。戦争が終わって間もない当時の日本は、都市だけでなく農村も食糧や衣類など生活に欠かせない物資が不足していて、兄弟間でのお下がりなど当たり前でした。

お下がりというのは本来、「年上の人からもらった、使い古しの物」のことをいいます。自分の子どもからもらう場合、「お下がり」という表現は、本当はおかしいのです。でもどうなんでしょう、皆さんそろって、「これ、お下がりなんです」などとうれしそうに言っていますね。戦後の一時期とは違い、最近は親子が一緒にする仕事はほとんどないし、親子の一体感はなかなか味わうことができません。その分、子どものお古を着ることで埋め合わせをしているのではありませんか。

（二〇〇二年二月）

第三話＊和牛の仔

三月上旬に乳牛のお産があって、仔牛を取り上げるのはそれが最後だと思っていました。ところが、その後、和牛の繁殖をやることになりました。そして先日、わが家の牛舎では七ヶ月ぶりに仔牛が誕生しました。ありがたいことに母牛も仔牛も、とても元気です。

正確には分かりませんが、わが家での牛のお産はこれまで、少なくとも三〇〇回は経験しています。ただ、そのほとんどは乳牛で、黒毛和牛については中学校時代にわが家で見て以来のこと。それだけに、今回のお産はとても緊張しました。

和牛の繁殖では出産後、十ヶ月ほど仔牛を飼育して売ります。これで利益を生み出すのです。ですから、種がつかなかったり、お産で失敗したら何にもなりません。緊張した要因はここにあります。

もうひとつ、わが家で出産した最後の和牛を管理上のミスで殺してしまったこともあります。

私はまだ中学生、ちょうど父が酒屋者《さかやもん》の出稼ぎに出ていた時のことでした。水を入れる木の桶に穴が開いていて、水を飲めなかった母牛はお腹をパンパンにはらせて死んでしまったのでした。直接お産に関係ないとはいえ、その牛の死んだ様子が目に焼き付いているのです。

今回のお産が始まったのは町の最大イベント、酒まつりの日でした。午後からBSN新潟放送の人気ラジオ番組「ミュージックポスト」の公開録音があるというので、支度をしていたら、母牛の様子が何となくおかしい。陰部はまだゆるんではいませんでしたが、立ったりねまったり、落ち着きがないのです。そうこうしているうちに陣痛がはじまり、一回目の破水もしました。

それからが気をもむことになりました。三〇分たっても一時間たっても仔牛の足が出てこないのです。子宮の様子を手で確認しようとしましたが、受け付けてくれません。結局、前足が正常なかたちで出てきたのは一時間半後のことでした。心配でしたので、和牛については私よりも経験のある父にも手伝ってもらいました。お産が無事終わり、母牛が仔牛の体をなめている姿を見たときにはほんとうにホッとしました。

生まれた仔牛はオスでした。和牛の仔牛には少し赤っぽい毛をしたものもいますが、この牛の毛は真っ黒で、いかにも強そうです。ただ乳牛の仔牛に比べると体はひとまわり小さい、と感じました。

和牛の仔牛は乳牛の場合とちがい、しばらく母牛と同じ囲いの中で飼育します。そのこともあって、これまでほとんど見たことのない光景を目にしました。乾草や濃厚飼料をくれているときに、母牛の腹の下にもぐりこんで母牛の乳房を頭でドンと突く。母牛がウォーターカップ（水を飲む器具）に顔を突っ込んで水を飲む時には真似をして口をつける。仔牛の動きはじつに好奇心に満ちています。

いま、わが家の和牛は生まれた仔牛を入れて三頭です。乳搾りをやめて、少し元気をなくしていた父も、毎日牛舎へやってきては和牛の世話をしてくれています。数日前、こうした牛たちの姿を見ている父が小さな声で言いました。

「とちゃ、牛ってかわいいもんだなぁ」

酪農をやめた後、和牛を飼うかどうか迷ったのですが、この一言を聞いて、飼うことにして良かったと思いました。

（二〇〇四年一〇月）

第四話＊大丈夫ですか

一〇月二三日の夕方、新潟県中越地方で発生した震度七の地震、当町でも震度五弱を記録しました。大きな揺れは一回だけでなく、短時間のうちに三回も続きました。建物が大きく揺れ、ギシギシと音がする、タンスの引き出しが飛び出す。こうした中で、「今度、大きな地震が来たら、危ない」「家も人間もつぶされるかも」という不安に襲われました。

地震発生から三〇分くらいたっていたでしょうか、最初に携帯電話が鳴ったのは。習志野市に住む従弟からのメールでした。「大きな地震でしたが大丈夫でしたか」。続いて親戚のTさんからも、「いま、仕事から戻ったら地震があったとニュースで聞きました。大丈夫でしたか」というメッセージがきました。さらに数年前から親しくしている友人のIさんも、「落着いてからで構いませんから、お元気なのをお知らせください」。親戚、友人などから次々と寄せられる電話やメールでは、かならず「大丈夫か」という言葉やそれを意味する文言が入っていました。

これまでの人生の中で、「大丈夫か」という言葉をたくさん寄せていただいたのは、今度が二度目です。一度目は、いまから二二年前でした。疲れなどが溜まって体調を崩していた私は、牛舎で突然、動けなくなってしまいました。あの時も何人もの人から「大丈夫か」と声をかけていただき、牛飼いの仲間たちからは搾乳、牛乳の出荷などで助けてもらいました。

たった一人であっても、「大丈夫か」と声をかけてもらうのはうれしいものです。まして、たくさんの人たちから寄せていただいた場合は、自分は決して一人ではない、みんなとともに生きているんだということを実感できますし、頑張っていくエネルギーになります。

ただ、今回の地震では、一方的に「大丈夫か」の声をかけてもらうという状況ではありませんでした。こちらとしても心配な人は家族をはじめ大勢います。震源地に近いところに住んでいる友人はどうしているだろう。家の中で一人ぼっちで震えているにちがいない伯父や近くに住むお年寄りは……。当然、こちらからも「大丈夫かね」と声をかけました。

個人的にかかわりのない人にも声をかけ、被災者を励ます。役所やボランティアグループなどが安否確認で動いただけでなく、ほかにもそういった動きが出ていたことを知りました。私が知りえた感動的な話を一つだけ紹介しましょう。

妻から聞いた話では、地震があった当日、長岡市内で高校生の弓道大会があったそうです。そこに参加した上越市内のある高校の弓道部の部員たちは、競技が終わって、上越にまっすぐ帰った部員と食事をしようと残った部員の二つに分かれました。食事をしようとした部員のグループは大地震に遭遇、帰れなくなります。それでどうしたか。避難所で被災者に声をかけ、食べものを配るボランティア活動を翌日の昼まで続けたというのです。しかも部員たちは上越に帰るまで食事をとらずにいました。いまの若者たちも、なかなかやりますね。

今回の地震で、おそらく、「大丈夫か」という言葉は、被災地住民を励ます代表的な言葉として全国で飛び交ったにちがいありません。「大丈夫か」。たった一つの言葉が、こんなにも温かく心に響くものだとは思いませんでした。

（二〇〇四年一〇月）

第五話＊牛や牛飼いたちは…

いつも同じものを見ていると目にも特別の感覚が身につくように思います。たとえば、春の山菜採り、何回も行っていると、かなり遠くからでもウドのある場所が分かるようになる、あの感覚です。それと同じように、長年牛飼いをしてきた私には、牛に敏感に反応する目ができているようです。

新潟県中越地震についての新聞、テレビの報道を見ていて、ずっと気になっていたことが一つありました。牛や牛飼いたちはどうしているかです。二〇年ほど前、県内の酪農家で組織した新潟県酪農民協議会の事務局長をやっていた時に、魚沼の牛飼い仲間を訪ねたことがあります。雪がたくさん降り積もるので、どの牛舎も二階建てで軒が高い。また、新鮮な自然水が豊富にある農家が何軒もある。それが強く印象に残りました。あの人たちのところでは、どんな被害が出ているか、いまどんなふうにして牛を飼っているかを知りたかったのです。でも、なかなか報道されませんでした。

牛飼いの感覚が働き、目が反応したのは、全村避難した山古志村の人たちが一時的に帰村した時のテレビニュース、これが最初でした。土砂に埋まっている牛と助け出そうとしている農民の姿が映し出されました。ほんの数秒、短い時間でしたが、印象は強烈でした。農民の必死の様子から、「待ってろ、いま助けてやるからな」といった声が聞こえてくるようでした。私もすぐに応援に行きたくなりました。この映像は、四日間も岩石の中に埋まっていて、奇跡的に救出された優太くんの時のものと同じくらい胸にぐっとくるものがありました。

先日のある新聞記事についても、やはり自分は牛飼いなんだなと感じました。社会面を開いた途端、一つの記事に釘付けになってしまったのです。その記事の見出しは、「牛舎崩壊……妻と長男の声はなかった」とあります。大事な家族二人を失った山古志村の元教育長・畔上《あぜがみ》守二《しゅうじ》さんにたいするインタビューが掲載されていました。私は、他の記事とは比べものにならないほど、ゆっくりと一行一行、読み進みました。

豪雪地にある畔上さんの牛舎も二階建て。一〇月二三日の午後五時五六分、牛舎の一階は「ガシャーン」という音を立てて、一瞬のうちにつぶれたそうです。一緒に仕事をしていた妻のよしさん、長男の勝さんは即死。守二さんは、ハシゴの下にわずかな空間があったおかげで左手にケガをしたものの、奇跡的に助かりました。記事には一言も書いてありませんでしたが、牛舎のつぶれ方からいって、牛たちも即死だったにちがいありません。

愛する妻と子、それに牛たちも……。守二さんはどんなに切ない思いをされたことか。

大地震についてのマスコミ報道は、人間のことがどうしても中心になります。しかし、地震の大きな揺れにおののき、苦しんでいるのは、生きとし生けるもの、みな同じ。もっと、牛についての情報がほしいと思っていたら、日ごろ付き合いをしている家畜商の荻谷《おぎたに》さんからうれしい情報が届きました。山古志村と同じく大きな被害の出た川口町では、県内の家畜業者や牛飼いたちが応援に入って、そこの牛たちを比較的被害の少ない大和町へ移動させたというのです。

（二〇〇四年一一月）

第六話＊花

人の死は往々にして突然やってきます。親戚のKさんの場合もそうでした。おだやかな春がようやく訪れ、大好きな花づくりができると楽しみにしていたのに、さぞかし残念だったにちがいありません。ある日の夕方、急に胸が痛み出し、救急車で病院に運ばれたものの、まもなく息をひきとってしまったのです。心筋梗塞でした。

亡くなれば、まずはじめに身内への連絡です。娘のMさん、そして兄弟の方々へと突然の訃報が伝えられました。病院に駆けつけた親戚は、いうまでもなく病院でKさんの死を知ることになります。救急車に同乗し、ずっと夫のそばにいるはずの、お連れ合いが病院の夜間出入り口で看護師と話をしている姿を見て、「どうしたのだろう」と不思議に思ったのですが、その時はもう亡くなっていたのでした。

身内が急に不帰の客となった時には涙が出ないことが多いと聞いていましたが、Kさんの、お連れ合いもそうだったようです。驚いて涙腺がふさがってしまったのでしょうね、きっと。そのかわり、そばにいた私にも分かる小刻みな震えが時々、体を揺さぶっていました。

Kさん夫婦の子どもは、東京都内で保育の仕事にたずさわっているMさん一人だけです。列車の時間がうまく合わなかったため、彼女が実家に戻れたのは翌日の午前九時半過ぎでした。

「ただいま」「帰って来たかね」という娘と母の短い会話の後、Mさんは父親と対面しました。別室にいた私には、その時の様子は分かりません。ただ、親戚の人たちの前に姿を現した時には、「この度は、お世話になりまして、ありがとうございます」と気丈に振舞うので驚きました。母親と同じく、涙を流した痕《あと》は見受けられませんでした。

この母と娘は葬儀が終わって二人きりになった時、涙を流すのだろう。ひょっとすると、ずっと涙を見せることがないのかもしれない。そう思うほど、二人は冷静で落着いていました。ところが、思いがけない場面でMさんが涙を浮かべる姿を目にすることになります。

お通夜を前にして、祭壇が整えられ、いくつもの生花がその周りに飾られました。花もいい、廻り灯籠もきれいです。一通りの準備が出来て、納棺も済み、さあ、これからお通夜を始めましょうかという時になって、生花が四つも到着しました。

花かごにアレンジ（整える）されたものは、デルヒニュームの空のワルツ、薄いピンク色のアリストロメリア、黄色の蝶が群れ飛んでいる感じのオンシジューム、カサブランカ、カスミソウなど、とても美しい。花屋さんが持ってきた伝票には、Mさんが勤めている職場の上司や同僚などの名前がずらりと並んでいました。

「インターネットで（花屋さんを）調べておくってくれたんだって……」

おそらく、職場の人たちの一人ひとりの顔が浮かんだのでしょう、母親に語りかけるMさんの目には涙が光っていました。花はこの時、祭壇を飾るだけでなく、もうひとつの役目を果たしていました。「さみしいだろうけれど、がんばってね」「お母さんを大事にしてね」。こういったメッセージを伝え、Mさんを励ましていたのです。

Kさんは、春とは思えないほど暖かい日、家族や親戚、友人、近所の人たちに見送られました。そして、大好きな花に囲まれて旅立ちました。


（二〇〇五年四月）

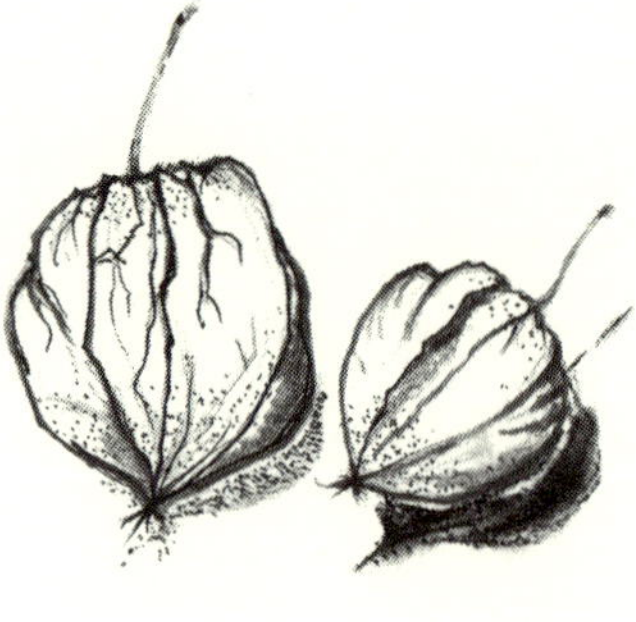

第七話＊残された黒板

市議会の文教経済常任委員会で、小学校の校舎だった建物を宿泊できるようにした浦川原区（旧東頸城郡浦川原村）の施設を視察した時のことです。きれいに改装された一階と二階を見たあと、三階にあがって、心がときめきました。そこには、子どもたちが、まだ生活していると錯覚するほど、教室がそのまんまの状態で保存されていたからです。

すでに閉校となってから三年を過ぎています。それなのに、床にはチリひとつ落ちていませんでした。きちんと並んだ机があり、椅子もあります。そして黒板を見た途端、「これは、すごい」と思いました。右端には平成一四年三月二二日（木）、日直「十弘」と書いてある。「きょうは卒業式」という文字もあります。ということは、この黒板は、この教室で学んでいた子どもたちが卒業式当日に使って、それが最後となったということです。

この日、子どもたちは、どんな思いをいだきながら教室での時間を過ごしたのでしょうか。その手がかりは黒板に残っていました。何人かの子どもたちが自分の気持ちを記しておいてくれたのです。黒板の真ん中には大きく、太い文字で「月影小学校」と書かれています。そのまわりに、「さようなら」という文字が六つ、「ありがとう」という文字がひとつありました。なかには文字の脇にハート型のマークがついているものもありました。

中央上部に描いてある小さなカット（絵）は、言葉以上に子どもたちの気持ちをよく表していました。この学校を象徴するには月がぴったりですが、ちょっぴり太目の三日月の絵が描かれていました。これには目も入っていて、それがまた、いかにも寂しそうです。「私たちは卒業です、そして学校もなくなってしまいます、残念です」。閉校という現実に、何もできない子どもの悲しさが伝わってくる絵でした。

黒板に書かれた文字は別れのメッセージだけではありません。黒板の左上には、明らかに担任の先生が書いたと分かる文字で、「明日のもちもの。はみがきセット、ぞうきん三

まい」というのがありました。これは、卒業式よりも前に書かれたものなのでしょう。このほかに、「あそびにきたよ」という文字がありました。閉校後に来て書いたとは思えませんから、おそらく、これを書いた子どもは、この教室に戻ってくることを想定して、この文字を残したのでしょう。

月影小学校閉校後の施設利用計画は、交流のあった大学院生のみなさんがワークショップを積み重ねた後、地域住民のみなさんと関係機関が「小学校再生検討委員会」を設置して検討してきたといいます。再生のキーワードは、「学校らしさを残す」でした。一、二階はすでに整備済みで、紹介した三階部分は、これから計画を作り、改造していく予定だとのことです。ぜひ教室も黒板も残して、「学校らしさを残す」ことにこだわりをみせてほしいものです。

私の学んだ小学校もすでに閉校となっています。四年生まで学んだ分校は、この学校と同じく宿泊施設に変わっています。学んだ当時の面影が残っているのは、校庭にあった桜と柳の木ぐらいなものです。それだけでもなつかしく、見ればホッとしますから、もし教室が残っていれば、どんなにうれしいことか。

（二〇〇五年四月）

第八話＊母乳を飲めない仔牛

八ヶ月ぶりに牛がお産をしました。予定日よりも九日も遅れての出産です。腹の中の仔牛が大きくなりすぎていないかと心配でした。足が出始めてから、なかなか進まなかったので、父と二人で手助けをし、仔牛を取り上げました。生まれた仔牛はオス。予想通り少し大きめでしたが、正常な形で産ませることができました。

お産のあった日は、伯父が手術をすることになっていて、ちょうど牛のお産と手術の時間が重なってしまいました。お産が終わってからの片付けは父にまかせ、すぐに病院へ向かいました。お産はうまくいった。和牛だから、あとは母牛にまかせておけばいい。何かあっても父がやってくれるだろう。そう思って楽々していたのですが、その後、思わぬ展開が待っていました。

伯父の手術の成功を確認してから牛舎に戻ると、どうも仔牛の様子がおかしいのです。

普通なら産後一時間も経過すれば、しゃんとします。すでに産後三、四時間は過ぎている。それなのに仔牛は母牛の近くにいるものの、ふらふらしていて、やっと立っているといった風でした。これは母親のおっぱいを飲み足りないのだ、そう直感した私は、仔牛のお尻を押して母牛のそばへやりました。

ところが、何ということでしょう、生まれて間もないわが仔だというのに、母牛は思いっきり蹴飛ばしたのです。倒れはしませんでしたが、仔牛は大きく飛ばされました。それでも仔牛はお腹がすいてたまらなかったのでしょうね、ふらふらしながらも再び母牛のところへ行こうとします。

それからは見ていられませんでした。何度も近づこうとする仔牛に、母牛は角を向ける、蹴飛ばす、柱に押し付ける。まったく受け付けようとはしません。一方、仔牛は蹴飛ばされても、転ばされても母親のところへ行こうとしました。その姿は、あわれとしか言いようがありません。このままでは仔牛が死んでしまう、そう思った私は、仔牛を母牛と離すことにしました。

母牛がなぜ仔牛を受け付けないのか。私が病院へ行っている間に何かショックを受けたのか、それとも乳房の病気にかかっていて、わざと仔牛を寄せ付けないのか、あるいはその他の何かがあるのか、そこらへんは分かりません。いずれにせよ、お乳を欲しがる仔牛を喜んで迎え、おっぱいをふくませる母牛の姿しか見たことがない私にとっては、信じられない事態となりました。

仔牛には何も飲ませないわけにはいきませんので、翌朝、酪農仲間だったYさんから初乳で作ったヨーグルトを分けてもらいました。そのままでは濃すぎるので、水で薄めたものを暖め、飲ませます。最初はなかなか口をつけようとしなかった仔牛も次第になれ、一週間後にはバケツに顔を突っ込んで飲むほどになりました。こうなればもうしめたもの、どんどんヨーグルトを飲み、元気に育つはずです。

この仔牛の世話はいま、父がやってくれています。毎日、朝早くから牛舎に入り、「ほら、じちゃ来たど。元気か」などと仔牛に声をかけ、ヨーグルトを飲ませています。本来なら母牛がやることを父がしているものですから、仔牛も甘えて、父の股ぐらにもぐったりして遊んでいます。仔牛に好かれ、頼りにされる。足が弱くなった父ですが、牛舎に通う姿には、酪農家として働いていた当時の力強さが少し戻ってきたように感じます。

（二〇〇五年五月）

第九話＊牛飼いの勘

妻の実家へ行っていた時でした。昼飯を食べ休んでいるところへ、突然、携帯電話が鳴りました。電話は長女からのもので、「じいちゃんが、仔牛に声をかけてもまったく元気がないし、このままだと死んでしまうって」という声が聞こえてきます。直ちに、かかりつけの獣医さんに電話し、私も牛舎へ急行しました。

私が朝、ミルクをくれた時には、ミルクが入ったバケツに元気に顔を突っ込み、ガボガボッと飲んでいました。それが何故こんなことになったのか。思い当たるのはただひとつ、下痢が始まっていたことでした。見つけたのは二日ほど前です。下痢止めの薬を飲ませておいたから大丈夫だとふんでいたのですが、素人判断で甘かったのかも知れません。軽トラを走らせながら祈りました。絶対死ぬなよと。

この仔牛を死なせてはならない、その思いは今回、特別強いものがありました。という

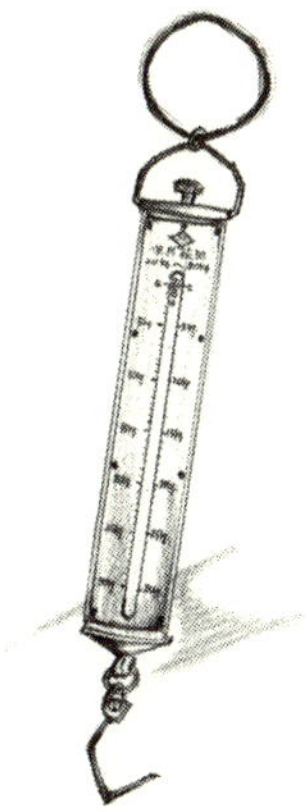

父が長年愛用していた
授乳時に使う計量器

のは、生まれた時から何度もひどい目にあっている仔牛だからです。前にも書いたように、生まれた直後には母親から蹴飛ばされ、母乳を一滴も飲ませてもらえませんでした。そうした状況はずっと続き、乳牛の初乳でつくったヨーグルトを薄めて飲んで何とか育ってきたのがこの仔牛でした。

次の災難は、先日の梅雨前線豪雨です。わが家の牛舎にも大量の水が流れ込み、隣の頸城区の家畜商の牛舎に全頭避難する破目になりました。牛舎から避難させようとした時、一番てこずらせたのは、この仔牛でした。ヨーグルトをいつも与えていた父を自分の母親だと勘違いしていたのかもしれません、父の姿が見えない中で、牛舎からなかなか出ようとしなかったのです。最後は家畜商と私が二人がかりで水の中を歩かせました。正確にいえば、ムリヤリひきずり、動かしたのです。

もう、これからは普通に育ってもらいたい、そういう思いがある中での危篤の知らせです。妻の実家からは車をとばし、三五分ほどで牛舎に到着しました。おそるおそる仔牛が入っている木製のハッチ（仔牛の育成のための大きな箱）の中をのぞきました。仔牛はぐったりして、首を持ち上げる元気はありませんでしたが、まだ生きていてくれました。数分後、獣医さんも到着。下痢によって脱水症状がでていて重症だと診断されました。体は冷たくなりはじめ、足はいくぶん硬直していました。

獣医さんはリンゲル液などの点滴治療を施してから、「これで何とかもってくれればいいが……」と言いました。下痢は仔牛にとっては致命的だと言う人もいるくらいです。それだけに簡単には回復してくれませんが、この仔牛も危篤状態からなかなか抜け出せず、世話をしてきた者、みんなが心配しました。目は相変わらずとろんとしています。耳は垂れ下がったままです。父はハッチの中に入り、「おい、元気出せや」などと声をかけながら、仔牛の体をワラでこすり続けました。

そして夜の九時過ぎでした。牛舎へ行ってみたら、仔牛の表情ががらりと変わっていました。耳をチャンと立て、目は元気を取り戻しキラキラと輝いているではありませんか。体温も上昇してきて皮温も正常になっていました。「いいこ、いいこ、よく頑張った、もう大丈夫だぞ」。そう言いながら仔牛の頭を何度もなでてやりました。

それにしても、仔牛の異常に気づき、危篤だと察知した父の勘の鋭さには驚きました。父の歩く姿にはかつての力強さはなくなりましたが、まだまだ牛飼いの勘は確かです。父の発見がもう少し遅れていたら、今回は間違いなく仔牛の葬式を出さなければならないところでした。


（二〇〇五年七月）

第一〇話＊記念写真

学生時代からの友人である風岡準三さんが県立がんセンターに入院しているとの情報が入ったのは、研修先から戻った日曜日のことでした。三〇数年前、風岡さんと私は同じ本屋さんでアルバイトをしていました。そこの元社長さんが、わざわざ市役所に私の連絡先を問い合わせて、教えてくださったのです。

「どうも脳腫瘍らしい、それも悪性のようです。本人が手術後に電話をくれたところをみると、誰かに連絡してもらいたいということかなと思って……」。留守番電話に残っていた元社長さんの声は落着いていましたが、どこかさびしそうなところがあって気になりました。

私はその日の夜にKさんと親しかった数人の友人に電話をしました。「ええっ、今度、彼女と一緒になると聞いていたのに……。信じられない」「この前に会った時はとても元気そうだったよ。どうして、また」。連絡を受けた人たちは驚き、もっと詳しいことが知りたい様子でした。そうなれば、病院に近いところに住んでいる私の出番です。面会できるかどうかを確認して、すぐにでも見舞うことにしました。

風岡さんは学生時代、英文学を学んでいました。卒業後は高校の英語の先生になるものと思っていたら、伯母さんにあたる日本画家に師事し、その道を歩み始めていたので驚いたものです。普段は栃木県に住んでいて、新潟県内で個展などをやる時には必ず連絡をくれました。

彼は、私の住んでいる吉川区にも何度か足を運んでくれています。かなり前の話ですが、突然、わが家にやってきたことがあります。何もご馳走の準備がありません。しかも母も妻もいないときている。どうしようもないので、私は得意にしているインスタント牛乳ラーメンをつくり、彼に出しました。ラーメンを普通につくって温かい牛乳をかける、たったそれだけのものですが、「うまい、うまい」と何度も言って喜んでくれました。

県立がんセンターに彼をたずねたのは、連絡をもらった翌日の午後でした。手術してまだ五日目だというのに、ベッドについている食事用のテーブルの上には、もうパソコンが置かれ、メモ用紙ものっていました。私の顔を見た一瞬、びっくりした顔をしましたが、あとはいつもの笑顔で応対してくれました。

昔から話し上手の彼は、これまでのことを一気に語ってくれました。最初は悪性でないと言われたものの、気になって別の病院で調べてもらった。腫瘍が見つかってからは、しばらく絵が描けなくなってしまい、納期を延期してもらったということを聞きました。そして手術前、医師からは、手術の結果次第では神経がおかしくなり、顔がゆがんだり、発音がうまくできなくなることもあること、さらに、彼にとっては命とも言うべき指も利かなくなることもありうると言われたのだそうです。

まだ五〇代半ば、やろうと思っていることが山ほどある。なんでこんな時におれが、と沈んでいた時に彼を支えたのは同級生のHさんでした。まだ風岡さん、Hさんとも独身です。「こうなったら、私、逃げられないわ」。いつかは一緒に暮らそうと思っていた彼女はそう言って、入籍の約束をしました。そして手術前、二人は、いまの顔のままのものをと、記念写真を撮ってもらったのでした。

手術は成功しました。風岡さんの顔も指もいままでと変わりませんでした。もしものことがあったらと撮った記念写真でしたが、今度は結婚式の記念写真を撮ってあげたいものです。二人の春は、これからやってくるのですから。

（二〇〇五年七月）

第一一話＊解散総会

　酪農組合総会といえば、年に一回、それも二月と決まっていました。総会の日は、いつもと言ってよいくらい大雪か吹雪で荒れました。ところが、今回の総会案内は真夏でした。封筒を開き、案内文を読み、ハッとしました。同じ総会でも解散総会の案内だったのです。

　吉川の酪農の歴史は、戦後まもなく、旭地区の先進的な農家が乳牛を導入し手搾りをしたところから始まりました。そして、何人かの人たちが集まり組合が誕生しました。もう半世紀も前の話です。最初は一頭飼いの乳搾りでした。それが徐々に増え、二桁の頭数を飼養する農家も登場します。タバコ、豚、養蚕などとともに、水田との複合営農の一類型として最も注目されたのが酪農でした。その酪農も経営の厳しさ、後継者難などで組合員数が激減、いまや二人だけとなってしまいました。

　わが家は一九六一年（昭和三八年）から組合の仲間にしてもらいました。父が出稼ぎをやめて酪農をはじめたのです。私が中学二年生の時でした。冬でも父と一緒に暮らすことができるようになった、あの感激はいまでも忘れることができません。

当時、わが家の出荷番号は五八。ということは、わが家が組合に加入した頃が酪農組合の最盛期だったのかも知れません。以来、仲間に助けられ、励ましあい、昨年三月まで四三年間にわたり組合員でした。

さて解散総会、じつは五〇回目の総会でした。会場はいつものように、農協旭野支店の二階です。最後の総会に参加したのは、酪農家二人と組合長、事務局員のほかに来賓四名でした。総会の中身は昨年度の決算承認と組合の解散だけ。いうまでもなく新年度の事業方針も予算もありません。総会はあっさり終了しました。

でも総会が終わっても誰一人席を立とうとしません。そのうち、参加者のひとりが、「おい、おまんちの親父さん、元気か」と言い出してから、しばらく思い出話に花が咲きました。

組合結成二〇周年の年に茨城県協和町から鈴木茂さんという著名な酪農家をよんで酪農技術講演会をやり、それが吉川の酪農の大きな飛躍につながったこと、パクラマアストロセレクト、紋次郎などといった種牛にこだわったことなど次々と語り合いました。おもしろいもので、苦労したことほど懐かしい。ワラ集めのために長時間トラクターに乗り、胃が痛くなったとか、ご飯が食べられなくなったことなど、「そう、そう」とうなづくことばかりでした。

組合員が一〇人くらいだった頃は、総会後が賑やかでした。懇親会をやり、夕方の搾乳までがっちりと酒を飲む。場合によっては、搾乳後、スナックやカラオケに出かけたこともありました。今回は最後の総会でしたが、懇親会は無し。じつは事務局の人が昨年体調を崩した組合員の田中さんの体のことを気遣って配慮してくれたのです。まだ食事制限もしているし、酒も飲めない。その田中さんですが、久しぶりに会ったら、顔色も笑顔もすっかり元通りになっています。もう大丈夫です。これからは息子さんとともに吉川の酪農の伝統をしっかりと守ってくれるにちがいありません。

酪農組合もいつか解散の日を迎えるとは思っていました。その時は派手にご苦労さん会をやってさよならをする、そんなイメージを抱いていたのですが、お互いに助け合い、励ましあって酪農を続ける、その精神というか伝統を最後の場面でも大切にしているのはとてもうれしいことでした。

（二〇〇五年九月）

第一二話＊人を励ます

人間と言う文字は人の間《あいだ》と書く。人間は一人じゃ生きていけない。必ず誰かの世話になって生かしてもらっているという自覚が大事だよ……数十年前、ある人に教えてもらいました。最近、それに加えて、もう一つのことに注目しています。自然や動物なども人を励まし、生きる力を与えてくれるということです。

そのことを改めて確認したのは、先日、吉川区の山間部を一軒一軒訪ねて歩いた時でした。

例えば鳥越ムツさん、一昨年、連れ合いを亡くしたばかりのおばあさんで、いまは一人暮らしです。正確に言うと、ネコとの共同生活です。生まれも育ちも山間部なので、雪の中での生活には慣れているとはいえ、連日の降雪のなかで家に一人でいるのは寒さも寂しさも募るばかりと思っていたのですが、お元気なので安心しました。

「お茶、飲んでいってくんない」と言われ、居間に案内してもらってから間もなく、一匹のネコが障子戸の桟《さん》の最下段をくぐりぬけ、居間に飛び込んできました。こっちもびっくりしましたが、ネコも驚いたのでしょう。あわてて、障子戸をもう一度くぐって隣の部屋に逃げていきました。そこまでならどこにでもある話ですが、そのネコは、障子戸のそばに戻ってきて、私や一緒におじゃました仲間の顔の観察をはじめたのです。「この人間たち、一体何者なのだろう」「ばあさんは大丈夫だろうか」。ネコの表情から推察すると、どうもそんなことを考えているようでした。

おじゃました者同士で顔を見合わせました。ネコの茶目っけたっぷりの動きは、まるでこの家の小さな子どもたちがのぞいているように見えたからです。とてもかわいい光景でした。振り返ってみると、私たちも子どもの時に、似たようなことをした記憶があります。

ムツさんによると、このネコはネズミ捕りの名人（名ネコ？）といいます。ネズミを捕った時には、くわえてきて、「ほら、捕ったよ、すごいだろう」と自慢顔で居間にやってくるのだそうです。話を聞いていて、よく分かったのは、ムツさんにとってこのネコは家族そのものだということでした。お互い心配しあい、励ましあっている、その姿、とてもいいなぁ、と思いました。

もう一人、田辺ミヨさんを紹介しましょう。ミヨさんも一人暮らしです。同じ集落に住む、一人暮らしの田辺シズヱさんと励まし合って生活しています。「たまには入っていけばいいこて」と誘われ、お茶をご馳走になりました。大きな家の中の居間は天井が高く、ストーブをつけてもすぐには暖まりません。カーテンで居間を仕切って、自分の生活空間をせまくして暖める工夫をしています。

その自分の空間の真ん中にコタツがあって、テーブルの上にはシクラメンが一鉢のせてありました。色はピンク、花びらが上に反り返っているので、何人もの子どもたちが空に向かって両手を広げているかのようにも見えます。

「この花、いいねかねぇ。長く咲くしさ」

ミヨさんからはこの一言しか聞けませんでしたが、このシクラメンがミヨさんの日々の暮らしのなかでどんな役割を果たしているかは、部屋の真ん中にどんと置いてあるだけでも分かります。シクラメンは、上手に育てれば六ヶ月近く咲き続ける冬の代表的な花です。この花がいつもそばに咲いている、それだけでも元気をもらえます。

（二〇〇六年一月）

第一三話＊母の自転車

雪が降ってから、母が使っている自転車は牛舎の中にしまいました。春が近くなって、もう雪は降らない、そういう状況になるまでお休みさせておくのです。ところが、本格的な降雪がこれからという時期に、この自転車が家に持ってきてあるのでびっくりしてしまいました。

どうせ、遠くまで買物に出かけようと考えているにちがいない。もし、雪道で転倒でもしたら大騒ぎになる、何を考えているのか。そう思い、母に厳しく言いました。

「こんがな時に、自転車に乗るなんて、どういう気だね」

そうしたら、母が言うのです。

「おれじゃねぇ、とちゃだがなあ、持ってきたのは」

道路には、まだ雪が残っていました。にもかかわらず、父は牛舎においてあった自転車を、わざわざ家までひいてきたのでした。母によると、自転車を家に運んだのには、それなりの理由があったようだというのです。

牛舎に行くのを日課にしている父ですが、その日、牛舎から家まで五百メートルも自転車をひいてきて、母に言ったそうです。

「牛舎に置いたのでは、自転車がかわいそうだ」

夏場は、いつも母と一緒の自転車です。それが牛舎の物置に、ぽつんと置いてある。その姿が不自然に見えたのでしょう。でも、母が愛用している乗り物を父がこのように見ているとは新鮮な発見でした。

わが家が尾神岳のふもとにあった頃は、坂道がほとんどでしたから、自転車はまったくといってよいほど使うことがありませんでした。それに、母は二輪の自転車には乗れませんでした。母が自転車に乗るようなったのは、二十数年前、現在の住まいに移転して、しばらくたってからのことです。家と牛舎や畑が五百メートルも離れていましたし、何をするにも歩きでは不自由でした。それで、二輪がだめでも乗れる三輪自転車を買い求めたのです。

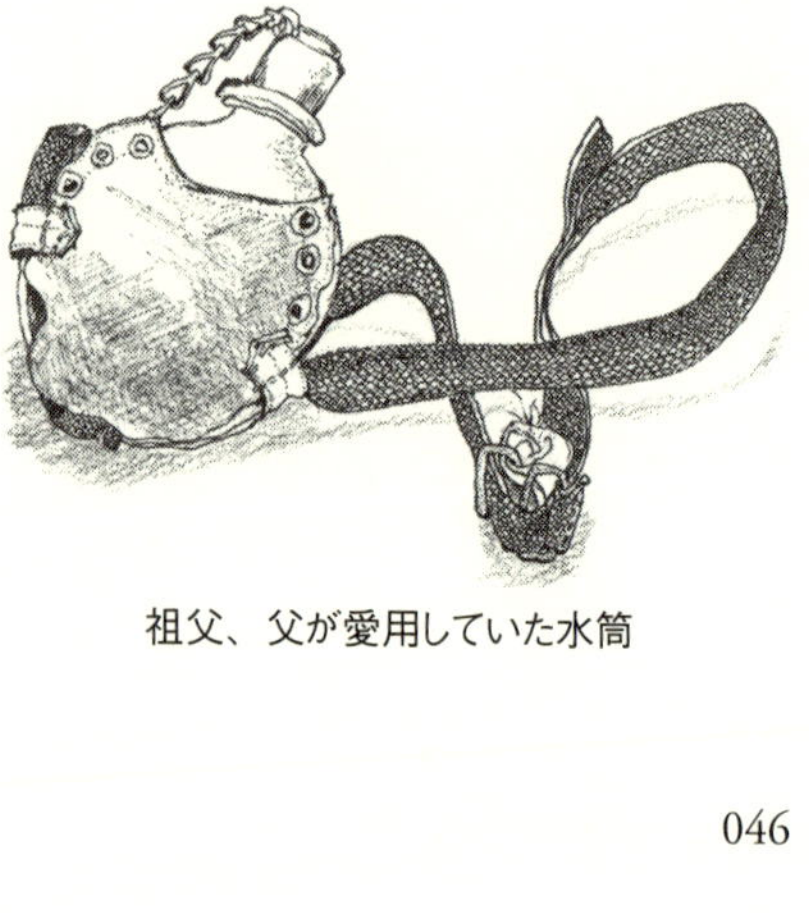

祖父、父が愛用していた水筒

自転車に乗るようになってから、母の動きは活発になりました。近くの集落の親戚や友だちの家に行く。買物に行く。山菜採りに行く。畑仕事に行く。どこに行くにも、この三輪自転車に乗って出かけるようになりました。体の小さな母ですので、乗っている様子を初めて見た時には、ペダルを踏むたびに、左右の肩を大きく上下させているので、とても重そうに感じました。これなら、歩いた方がいいのではと思うほどでしたが、乗りなれてからというものは、十キロメートル離れたところにも自転車で行くほど上手になりました。

この自転車を好きになったのは母だけではありません。わが家の子どもたちも大好きでした。母が使っている三輪自転車には、後ろの方に荷物を載せることができる籠がついています。これが、また、たいへん便利で、野菜や山菜等を入れるのにちょうどよい大きさなのです。これに目をつけたのは、わが家の子どもたちでした。母が自転車に乗っている姿を見つけると、後ろの荷台に乗りたがり、母を追いかけたものです。

さて、話を元に戻しましょう。父がひいてきた母の自転車は私が軽トラにのせて運び、牛舎内のいつもの場所に戻しました。改めて見てみると、母の三輪自転車が「くの字」になってじっとしている姿は、さみしそうに見えます。母のところへ持って行ってやりたくなった父の気持ちも何となくわかるような気がしました。

（二〇〇六年二月）

第一四話＊医者の「面接試験」

　このところ、父の容態が良くなったり悪くなったりして、ビックリさせられることが続いています。半月ほど前のことです。弟から緊急連絡があり、父が玄関で転倒したとの情報が入ってきました。後で母に聞いたところ、その日は体調もよくなかったらしく、コンクリートの上にドドンと音をたてて転んだといいます。一時、意識を失ったのか、父も何が起きたかわからないと言っていました。

　今年に入って、父の転倒は、これで三回目。一回目は牛舎内、この時は転んだあと、仔牛に腹の上にのぼられるというオマケまでつきました。二回目は寝室で圧迫骨折。そしてこの日の玄関での転倒と続きました。

　転倒の度に弱っていくので、転倒したと聞いただけでドキッとしますが、もっと驚いたのは転倒した日の翌朝でした。朝の六時半。牛舎に向かって歩いてくる人の姿を見てびっくりしました。杖をつき、麦わら帽子をかぶり、足を引きずるようにして歩いてくる姿はまぎれもなく父です。前日に転倒したのがうそのようでした。前の晩に発熱し大騒ぎしたというのに、家から五〇〇メートルもよく歩いてきたものです。すぐそばまでとんで行き、「どうした、じいちゃん」と声をかけると、「牛にエサをくれなきゃならん」。牛飼いをやめたことは、もうすっかり忘れているのでした。

今週の前半もわが家は大騒ぎでした。私が東京へ行っている間に父の具合が悪化、ほとんどご飯を食べようとしないというのです。それで、翌日の月曜日、市内の病院へ行き、いろいろと検査をしてもらいました。その結果、脱水症状などからくる意識障害がかなり進んでいるとして、医師に翌日入院するようすすめられました。

その日は点滴をしてもらい、父を連れて家に戻ったのは夕方の五時過ぎでした。しかし、「明日入院するんだよ」と言っても父はなかなか納得してくれませんでした。おれは悪いところが無いのに、なんで入院しなければならないんだ、と頑固に頑張るのです。そして一人で風呂場に行き、浴槽につかりながら、

いつものように「平成音頭」を歌っていました。二日間ろくに食べなかった食事も少しずつとるようになりました。

さて入院当日。前日の点滴が効いたのでしょうか、食事は朝から普通に食べられるようになりました。午前は理髪屋さんに行き、髪も顔もきれいにしてもらいました。入院は午後からです。入院に必要な物をすべて持って病院に行きました。

入院の直前には診察があります。担当の医師から次々と出された質問のほとんどに、父は的確な答えをしていました。まともに答えられなかったのは、この日の日付と前回病院に来た日だけでした。前日の言動からは想像できないことで、これには私もビックリでした。そして、なんということでしょうか、入院することになっていたその日の診察で、父は入院するまでもないと診断され、通院して様子を見ることになったのです。

入院が中止になって大喜びしたのは父でした。「医者の面接試験に合格した」と言って喜ぶ姿を見て、みんなで笑いましたが、正直言ってホッとしました。これまでも、父の病状は良くなったり、悪くなったりしています。今回の好転がそのままということはありえないでしょう。でも、いい時ぐらいは自分の住みなれたところで楽々させてあげたいと思います。

（二〇〇六年一〇月）

第一五話＊招待旅行

今春、社会人になったばかりの次男が私たち夫婦を温泉旅行に連れて行ってくれるという話をしたのはふた月ほど前のことです。それも、費用は勤務先の会社でもってくれるというのです。会社での働きが評価されてのことだというのですが、それにしても思い切ったことをする会社があるものです。

夫婦で泊りがけの旅行に出たのは、結婚して数年後、松之山温泉に一度行ったくらいしか記憶に残っていません。乳搾りをしていた関係で、そういう時間はなかなかとれなかったのです。次男を入れて三人での温泉旅行はもちろん初めて、どんな旅行になるのか楽しみでした。

さて、当日。午前中に仕事を済ませた私は、家に戻って、着替えました。最初はブレザーを着ていこうと思ったのですが、妻に、「きちんとした格好をしてね」と注文をつけられたので、スーツにネクタイ姿で車に乗り込みました。旅行はすべて次男任せです。ホテルまでの車の運転、宿での様々な手続きなど全部やってくれました。おかげで気楽な旅となりました。

宿は、旅行関係者が選ぶ「いい宿ランキング」全国第二位というホテルです。行きの車の中では、一人ひとり別の部屋になるか、男女別の部屋になるだろうなどと勝手な予想をしていたのですが、二〇畳もある大きな部屋に三人が泊まるようになっていました。それも最上階、着替え室、お風呂、洗面所などが付いていて、まるで貴賓室といった感じでした。

泊まる部屋の豪華さは序の口、夕食もすごかった。通常、夕食は食堂か宴会専用の部屋でとりますが、少人数ということもあったのでしょうか、泊まる部屋でとるようになっていました。私たち三人のために一人の仲居さんがついていてくださり、飲み物や料理を次々と運んでくれます。こういう待遇をされたのは初めてでした。

「おしながき」を見ると、「柿の白和え」からはじまって「松茸土瓶蒸し」「甘鯛幽庵焼」「南京・里芋などの炊き合わせ」「かますの竜田揚げ」など一四もの料理の名前がずらりと並んでいました。たいへんなご馳走です。

この一四の料理を約二時間で食べるようになっていたのですが、うれしかったのは、のんびりと自由に食べることができたことです。身内だけなので、誰にも気兼ねすることなく、飲みたいときに飲み、食べたい時に好きなだけ食べる。この「わがまま」を通すことができました。

家族三人だけの宴会は、時間がゆっくり流れます。ビールを二本もいただいたので、一つの食べものが出てから次のものが出るまで待っている時は、どうしても横になりたくなります。そこで、待ち時間が長い時には、着替え室で昼寝用の小さな布団を敷き、ひと眠りさせてもらいました。仲居さんが料理を運んでくれて部屋から出る頃になると不思議と目が覚め、宴席に戻りました。妻に、「ほら、また、お父さんが起きてきた。おいしいものが出ると必ず起きてくるんだから」と笑われました。

温泉には三回も入って、部屋では次男を真ん中に「川の字」になって眠りました。翌朝、一番早く起きたのは私。次男の寝顔を見ながら思いました。ろくな子育てもしなかったのに、よくもまあ一人前の人間に成長してくれたものだと。それにしても、こんなに伸び伸びとできたのは本当に久しぶりのことでした。

（二〇〇六年一一月）

第一六話＊開通

通行止めの期間が長かった場合、開通を喜ぶ言葉は長い記憶のトンネルをくぐって出てくるのではないか。上川谷の県道の開通式でそう思いました。テープカットが終わり、百メートルほどの災害復旧ヶ所を地元住民、工事関係者など、集まった全員で下の方へ歩いた時、長靴を履いている人も靴を履いている人もほとんどしゃべらず、ぞろぞろと歩きました。本当に開通したことを喜んでいるのだろうかと疑いたくなるほど、誰もが静かに歩いていたのです。

開通の喜びをはっきりと確認できたのは、祝宴の会場となった旧川谷小中学校体育館に入って、デジカメ写真の写り具合を点検した時です。写真の真ん中に写っているヤエさんの顔がえびす顔になっていました。すぐ前を歩くケンゾウさんの顔には白い歯も見えます。

「やはり、うれしかったんだな」と思い、何となくホッとしました。

祝宴が始まってから、ようやく地元の皆さんの会話の中身で喜びを確認できました。皆さんのところに酒を注ぎにまわると、「ひさでした」「お元気でしたか」「達者でいたかい」。大正一三年生まれのカネさんがじつにいい表情で、一言ひとことゆっくりと沢（屋号）のサイチロウさんに語りかけています。

「いいやんべだね、これから……。おっかちゃ、風邪ひかんかったかや」「これから、ちょこちょこ、顔見られるねや」と続けています。これにたいして沢のサイチロウさんは、細い体をひねりながら言いました。「今年は忘年会やろさ」。カネさんが「うん、やろ、やろ」とすぐ返していました。とてもいい雰囲気でした。

祝宴が終わり、近くの農協川谷出張所でコーヒーをご馳走になっていた時もこの雰囲気を味わうことができました。カネさんやヤエさんたちがやってきて戸を開けると、すぐ、上川谷の人たちに向かって、「おー、おー」とやっています。「どっこいしょ」と言ってイスに腰掛け、「あらー、久しぶりだよ。いかった、いかった、いかった」。

大規模な土砂崩れが発生し交通止めになってから、川谷地区の上川谷とその他の集落は分断され、思うように交流できなくなりました。毎週木曜日に農協川谷出張所の売り出しで顔を合わせ、一緒にお茶を飲む楽しみもかなわない。上川谷の人たちは農協のすぐそばに住む若い天明さんのかわいい子どもさんとも会えなくなりました。考えてみれば、分断された人たちが会えたのは運動会と正月のサイの神の時ぐらいなものでした。

開通を喜んだのは、地元の住民だけではありません。川谷地区と交流のある人たちもずっと災害復旧工事の行方を見つめていました。五日の開通式に参加しようと呼びかけたのは新潟市に住むHさん、法政大学人間環境ネットのメンバーのひとりです。この日は主催者や市役所職員などよりも早く現場にかけつけました。同ネットからはスリッパ六〇足がプレゼントされ、法政大学人間環境学部のT教授からはお酒も届けられました。祝宴で司会者がこのことを披露すると大きな拍手が起こりました。

主要地方道大潟高柳線の上川谷地内の道が交通止めになったのは昨年の六月二八日の梅雨前線豪雨の時からでした。一年五ヶ月前、この場所は大きな岩や大量の土砂に覆われ、復旧の見込みは立たないのではないかと思うほど深刻な被害に見えました。それが、いまはすっかり片付けられ、きれいに舗装されました。災害で道は五二六日間分断されましたが、地域住民の心はつながり続け、さらに強まったのではないか、そんな気がした一二月五日でした。

（二〇〇六年一二月）

第一七話＊晴れ姿

あの由紀ちゃんがお嫁にいったということを聞いたのは、結婚式が終わって一ヶ月近くたってからのことでした。「いやー、いい結婚式だったわね。近所のしょも、みんながビデオを見に来てくんなって、その度に涙が出て……」。そう言って教えてくれたのは、由紀ちゃんのおじいちゃんである茂治さんでした。

私が由紀ちゃんと知り合ったのは二十数年前ですが、私の記憶にずっと残ることになったのは彼女が小学校二年生になったばかりの頃に書いた作文によります。いまから十八年前のことでした。地元紙・新潟日報の上越版を開いたら、「うちの家族」というコーナーに由紀ちゃんのかわいい顔写真と作文が載っていたのです。

「わたしの大すきなおとうさんは、一月十五日のさいのかみの日に、にゅういんをしました。びょういんへ行ったら、しにそうになっていました。何日も、気がついてくれませんでした。わたしは、足ががくがくして思わずないてしまいました。今は、やっと気がついて、元気になってきています。病院で、おとうさんとごはんをたべたら、いつもよりおいしかったです。おとうさんもにこにこ笑っていました」

　読んだ途端に涙があふれてきて、どうにもなりませんでした。由紀ちゃんやお父さんの繁さんのことを私が知っていたということもあるでしょうが、読みながら、由紀ちゃんの気持ちがどんどん伝わってきました。切なくなって、うれしくなって、胸がドキドキしたものです。小さなスペースの中に自分の思いをこれほど見事に凝縮させた文章には、その後、出会ったことがありません。一生忘れることができない最高の作文でした。

　ユキちゃんはこれまでの人生で三度もつらい体験をしました。子どもの頃の足の大やけど、お父さんの急性脊髄炎、そして五年前のお母さんの急死、いずれも切ないことばかり

でしたが、由紀ちゃんの周りには、いつも家族がいて、親戚の人たちがいて、近所の人たちがいました。みんなが由紀ちゃんのことを心配していてくれる。由紀ちゃんはそのことを決して忘れることがありませんでした。

さて結婚式、由紀ちゃんは自宅での着付けにこだわりました。自分の晴れ姿をお母さんをはじめ、お世話になったみなさんに見てもらいたい、そう思ったのです。当日は青空の広がった秋晴れでした。自宅での着付けを終わって、高田の式場から迎えのバスがくる頃には、自宅前の広場は親戚や友人、近所の人でいっぱいになりました。子どもも大人も、元気な人だけでなく、体の調子がいまひとつの人もみんな集まってくれました。

仏壇の前でお母さんに晴れ姿を見せた後、由紀ちゃんは自宅からバスまでの三〇メートルほどの道を歩きました。先頭はお父さん、その後ろから、新潟の伯母さんに手を取ってもらいながらゆっくりと進みました。「よかったね、由紀ちゃん」「由紀ちゃん、おめでとう」。道の両脇から、近所の人たちが次々と祝いの言葉をかけてくれました。

結婚式や披露宴の模様は私もビデオを見せてもらいました。

披露宴も終わりに近づいて両親へのお礼の挨拶の場面。薄緑色のウエディングドレスを着た由紀ちゃんは小さな封筒から手紙を取り出しました。「いつかお嫁に行く時は、絶対に家で支度をしてもらって、お母さんに一番に見てもらいたいって思っていました」。短い文章でしたが、自宅での着付けができた喜びと感謝あふれるお礼の言葉がつづられていました。

そして、由紀ちゃんのお礼の挨拶が終わったところで、今度は父親の繁さんが司会者に託した由紀ちゃんへのメッセージが読み上げられました。

「由紀、おぼえていますか、三歳の時、大やけどをしてしまったことを……。お父さんが脊髄炎で一ヶ月以上も意識不明になった時にはお母さんがずっと付きっきりで、学校行事にも参加できなくてわるかったね。由紀をはじめ、子どもたちみんなにつらい思いをさせてしまったけれど、由紀の結婚、みんなで喜んでいるよ。これからも父として応援していきます」

新郎と連れ添った由紀ちゃん、右手に持っていたハンカチをギュッと握りしめていました。

（二〇〇七年一月）

第一八話＊父の「小旅行」

重い雪が降ったその日、父はすっかり旅行へ行くものと思い込んでいました。「小遣いは持っていかんでいいがか」「ズボンのバンドはどうするがだ」などと言っては、そわそわしていました。よほど楽しみにしていたのでしょう、母によると、前の晩は一時間に一回の割合で起きてトイレに行くほど興奮していたそうです。

父が旅行と思い込んでいたのはショートステイ（短期入所事業）です。デイサービスを利用しながら家で介護するにしても、たまには休む日がないと介護にあたっている母も長女も倒れてしまう。施設で短期間あずかってもらおう。家族でそう決めたのは半月ほど前のことでした。そして地域包括支援センターの担当者と相談し、初めてショートステイに行く日を迎えたのです。

父のうれしそうな姿を見ながら、一方で、残される家族は心配しました。よそで寝ていて、もうぞうこいて（妄想をいだくこと）、「バチャ、オイ、オイ」と大きな声で呼ぶかもしれない。知っている人が一人もいない中でじっとしていられるだろうか。いろんなことが脳裏をかすめるのです。

父には数日前から「今度、泊まりに連れて行ってやるすけね」と言ったものの、どういうところに泊まるかなど詳しいことはわざと教えませんでした。父の性格からして、いやだというのは目に見えていたからです。今回の入所次第では二度と行かないと言い出す可能性もありました。間違っても、家族に見放された、おいていかれたと思われないようにしたい、というのが家族の気持ちでした。

父がお世話になる施設はわが家から車で約三〇分のところにあります。最初は、長女が車に乗せていき、午後から私が入所した父を訪ねる計画でしたが、最終的には、長女の運転する車に私と母も乗り込み、送り届けることになりました。出かける仕度ができた時、父は母に言いました。「オレも行っかが」。一瞬、行かないと言い出すのかと思いましたが、「おまん、行かんでどうしるね」と母にさとされてから、父の次の言葉は出てきませんでした。

施設に着いた時、玄関で待っていてくれたのは担当のHさん、とてもやさしい感じの女性でした。入所の手続き、薬剤師さんとの打ち合わせを済ませたのち、Hさんは入所されているみなさんに父を紹介してくださいました。施設の紹介もしていただきましたが、広々としていて明るく、落着いた雰囲気があります。これなら大丈夫、と安心しました。気がかりなのは父が気に入ってくれるかどうかだけでした。「何か心配なことがありますか」とHさんにきかれた父は、「ありません」と答えました。あまりにも元気な返事だったので、母も私も笑ってしまいました。

さて、いよいよ父と離れなければならない時がきました。「また来るからね」そう言って別れましたが、父は私たちを追うそぶりも見せません。一階に降りるエレベーターのところまで行ってから、何となく気になって振り返ってみると、テレビの前のテーブルのそばに連れて行ってもらった父は車イスに乗って身動きすることなく無言でした。どうも何か違うようだと思い始めていたのでしょう。

今回の父の「旅行」は二泊三日。三日目の午後、長女とともに迎えに行くと、父は長女の顔を見たとたんに涙ぐみました。「じいちゃん、泣かんでよ」と長女に言われたものの、父の目のまわりはどんどん赤くなっていきました。担当した職員の話では、入所した一日目から、父はずっと母をさがし続けていたそうです。

（二〇〇七年一月）

第一九話＊ありがとう

簡単に言えそうで、なかなか言えない言葉があります。「ありがとう」もそのひとつです。お礼の気持ちを表す言葉としてよく使われますが、いざという時に声にならなかったり、はずかしさが先に出てしまい、何も言えないで終わってしまうことが多い。それだけに、「ありがとう」という一言が大きな感動を呼ぶことがあります。

大島区のチヨノ伯母さんの葬儀が終わった後の、お斎《とき》の時の嵩治《たかじ》さんの挨拶の場合がそうでした。お斎の会場となった「庄屋の家」の大広間には遺族、親戚の人たちを中心に五〇人ほどの人たちが集まっていました。進行役を務めていた内山さんが、「それでは、キョウダイを代表してアサ子さんにお礼を申し上げたいということで、嵩治さんの方から挨拶がございます」と述べた瞬間、予想外の展開に会場は静まり返りました。

嵩治さんは、七人キョウダイの下から二番目。男のキョウダイでは一番下、親想いは人

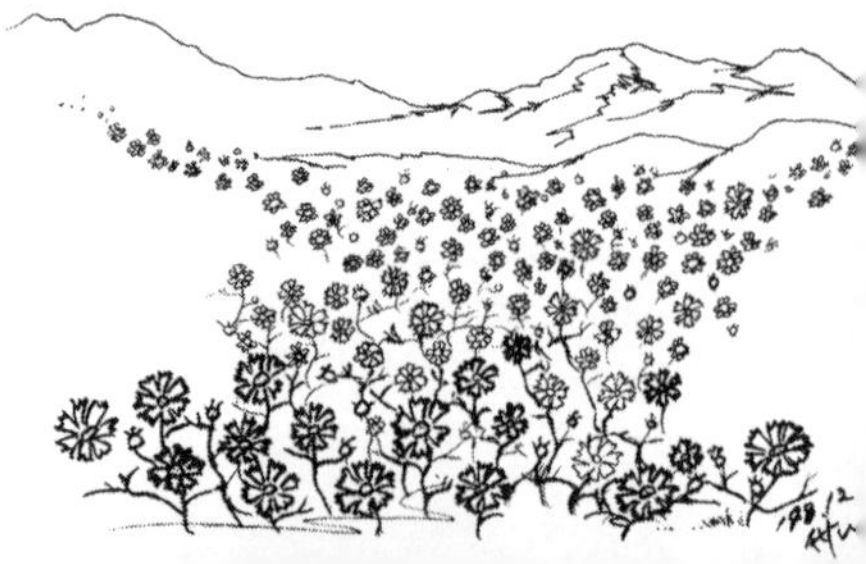

一倍です。関東で会社を経営している立場の人ですから挨拶は慣れているはずです。しかし、呼ばれてすっと立ったものの、全身が震えているようでした。「アサ子さんには九年間も母の面倒を見ていただきました。子どもを代表して……お礼を言いたいと思います……ありがとう、ありがとう……」。涙で言葉が続きません。突然の「ありがとう」にアサ子さんは、はにかみながら、「いえいえ、私なんか何も……」と手を横に振ります。みんなもらい泣きしました。わずか一分ほどの挨拶、でも嵩治さんの「ありがとう」には、どんな長い挨拶でも表現できない感謝の気持ちがこもっていました。

チヨノ伯母さんが体調を崩したのは一〇年ほど前でした。その後、県立松代病院への入退院を繰り返しました。退院すると、時々ショートステイの世話になりながら、自宅での介護が続きました。その介護をしてくれたのがアサ子さんでした。

長年にわたる介護では、介護をした人でなければわからない気持ちの揺れがあります。「時々に天使と悪魔が入れ代わる吾の介護も十年目となり」。NHKの介護百人一首に選ばれた吉村恵美子さん（上越市寺在住）の歌のとおりです。外から聞こえてくる言葉は褒める言葉ばかりではなかったはずです。それでも九年間ずっと笑顔を絶やさず頑張った。すごいことです。

伯母の葬儀があったのは二月一三日でした。豪雪地帯の二月といえば荒れる日が多く、みんなが悪天候にならなければいいがと心配しました。でも、この日はとてもいい天気になりました。空は青く、白い雲が流れている。三月下旬をおもわせるような晴れ方をしたのです。嵩治さんの挨拶を聞いていて、ふと思い出したのは、火葬場に行った時のアサ子さんの慌てた様子と笑顔です。

この日、上越市五智の火葬場に着いてから、骨があがるまで結構時間があったので、アサ子さんや従弟たちと散歩に出ました。「親鸞聖人が八〇〇年前に流され着いた居多ヶ浜が近くにあるよ。海も見えるから案内するさ」。そう言って私が呼びかけ、礼服を着たままみんなで歩きました。道端ではタンポポが黄色い花を咲かせていました。青い空には飛行機雲が交差しています。遠く離れた東の方角には大島区の山々がくっきりと見えました。でも、肝腎の居多ヶ浜にはなかなか着きませんでした。

そのうち、アサ子さんが落ち着かなくなりました。伯母の骨があがる時間が迫っていたからです。「骨があがるっていうのに嫁がいないって騒ぎになっちゃう」。そう言いながらアサ子さんは早足で帰り始めました。この時のアサ子さんの切なくて恥ずかしそうな笑顔は、「いえいえ、私なんか…」と言ったときと同じでした。

（二〇〇七年二月）

第二〇話＊サルトコの日に

伯母の壇払いの日。この日も晴れて、いい天気になりました。お経を窓ぎわで聞いていたら、背中をお天道様が暖めてくれます。とても気持ちがよくなって、眠たくなりました。ところが、骨納めのために外へ出たらびっくりしました。空は真っ青に晴れわたっていたものの、ちょっと風が吹いただけで、ものすごく寒いのです。

外に出て、みんながめざしたのは大桜高台霊園です。伯母の家から二〇〇メートルくらい離れていて、海抜三〇〇メートルほどの、文字通り高台にあります。積雪は五〇センチ～七〇センチくらい。うっかりしていて、伯母の家には革靴のまま出かけてしまったのですが、高台への雪道を歩いても靴は埋まりませんでした。

春が近づくと、サルトコ（凍み渡り）のできる日がやってきます。この日はちょうど、初めてサルトコができる日となりました。雪は本当によくしまっていました。私のような体重八〇キロの人間でも雪道だけでなく、野原を歩いてもまったく埋りません。こうなると、大喜びするのは子どもたちです。伯母には、ひ孫にあたる小さな子どもたちが六人いますが、伯母の骨納めのことなどそっちのけで、みんな雪の上を歩いて遊んでいました。

暖冬でサルトコのことをすっかり忘れてしまっていた大人たちも、この子どもたちのおかげでサルトコのことを思い出しました。「おらなんか、学校へ行くギリギリの時間まで雪の上を騒いでいた」「わらゾリを作ってさね、遊んだこて、みんなしてそ」。心が騒いだ子ども時代の「雪が凍った日」のことを語る大人たちの表情はとても生き生きしていて、楽しそうでした。

大桜高台霊園からは天明山や尾神岳がよく見えます。私も、いつのまにか、子どものころ、尾神岳のふもとの田んぼや野原の固くなった雪の上で遊び回ったことを思い浮かべていました。ワラや笹で簡単なソリを作ってすべったこと、雪の固さを確認するためにジャンプして埋まるかどうか試したこと、田んぼの雪解けが始まった雪の端っこのところでは、長靴でドンドンとやり、雪を田んぼの水に中に落として遊んだことなど、サルトコができた時ならではの快感は不思議なほどよくおぼえています。

骨納めが終わってからはお斎です。この日は、葬儀と同じように、母も板山の伯母も参加していました。ふたりとも顔色もよく、とても元気です。お酒を飲み、在りし日の伯母のことが語られ始めると、「こうやってみると、板山の伯母さんの後姿は足谷のばちゃとそっくりだ」「あとはおまんた、ふたりしかいないがだすけ、長生きしてくんなさい」。そんな言葉が次々と出て、いつのまにか、このふたりが話の中心にいました。

お斎がすんで、再び伯母の家に戻った時のこと、家の中で小さな子どもたちを相手に遊んでいたら酔いが完全に回ってしまい、ダウンしてしまいました。一時間くらい眠ったでしょうか、窓の外の賑やか声で目が覚めました。外では、この家の孫たちがまた雪の上でキャーキャー声をあげて遊んでいたのです。まさかと思いましたが、夢ではありません。この日は昼間でも気温が低く、午後になってもサルトコができるという、めずらしい日でした。

固い雪の上で歩いたり、遊んだりすることの楽しさは、時代がかわっても同じです。親から子へ、子から孫へ、孫からひ孫へ。命とともに雪の上での遊びもまた引き継がれていきます。何となく、永遠の流れみたいなものを感じた一日となりました。

（二〇〇七年三月）

第二一話＊再会

もう三〇年以上も前になりますが、ある人に会いたくて、出身地などを調べたことがありました。その人の名はAさん、私を慕っていてくれた大学の後輩です。農村の出身でした。都市部に住む人たちとの付き合いが苦手であるなど、私とそっくりなところがあって、卒業後、どうしているか気になったのでした。

しかし、居所はわからずじまい。その後、一度も会うことがなかったのですが、今年になって、その彼から私の留守中に突然電話があったのです。三月も半ばのある日のことでした。留守電に残った「上越のAです」という短い言葉からは、名前が苗字だけだったということもあって、その時は、学生時代のAさんを思い浮かべることはありませんでした。

でも翌日、こちらから電話をして、聞こえてきたのは間違いなく、なつかしいAさんの声でした。学生時代とまったく変わりません。「高田の春陽館書店で『春よ来い』を手にして、奥付け（本の最後にある著者の略歴などが書いてあるところ）を見て、やはり橋爪さんだと確認しました。読んだら、なつかしくて、積もり積もった話がしたくなったのです。お忙しいとは思いますけど、お会いできないでしょうか」。丁寧な口調も昔と同じでした。

三日後、Aさんは、市役所五階にある議員控え室にやってきました。左手には雨傘、右手にはカバンらしきものを持っています。ぬうっと現れた彼は、頭の毛に白いものが混じってはいましたが、昔と同じ顔をしていて、誠実さもそのままでした。うれしかったですね、じつに三五年ぶりの再会です。

Aさんとは、約五〇分間、コーヒーを飲みながら話をしました。会う約束をした日から、どんな話をしてくれるのか楽しみにしていましたが、三十数年前のことを次々と思い出させてくれる話の内容にはドキドキすることばかりでした。

下宿生活をしていた私が食べるものに困っていて、豆腐に醤油をかけるだけのオカズで食事をしているのにびっくりしたこと、私が愛読していた本のひとつに、秋田県横手市のむのたけじさんの『たいまつ』があり、その本を私からもらったこと、私の下宿を度々訪ねてきた人がいたことなど、私の当時の生活ぶりを鮮明に語ってくれました。

私がAさんに出会ったのは大学四年生の時です。彼は一年生でした。彼と付き合うことになったのは、彼が所属する学部の学生自治会役員選挙がきっかけでした。学生自治会は一部の暴力学生たちにのっとられていて、それを取り戻すために正義感に燃えた一年生が立ち上がっていました。そこに私が支援に入ったのでした。

彼と一緒に自治会役員選挙に立候補した人たちは、私の下宿に泊まりこんで選挙運動を展開しました。私が学生時代、後輩を指導するような場面はその時が最初で最後だったと思うのですが、Aさんから思いがけないことを教えてもらいました。選挙で勝利するために、近くの日和山海岸まで後輩たちを連れて行き、そこで演説の練習をしたというのです。いまでさえ演説は苦手なのに、三十数年前に後輩たちに演説の仕方についてアドバイスしていたと聞いてびっくりしてしまいました。

人と出会い、別れ、数十年ぶりに再会する。Aさんと再会したおかげで、忘れていた「過去の自分」を再発見し、何か得をした気分になりました。私の文章はむのたけじさんの文章に似ているとも言われました。今度、読み直してみたいと思います。

（二〇〇七年四月）

第二二話＊大きな靴

物忘れがはげしくなっても人間としての喜びは変わらない。美味しい物を食べた時は笑顔になるし、美しい景色を見ればうっとりします。ひょっとすると、物忘れがひどくなる前よりも感情が豊かになっているのかもしれません。じつは先日、そんなことを感じた一件がわが家でありました。

ベッドに寝たままの格好で父が私を呼びました。「おい、とちゃ、ちょっと来い……。ほら、いい靴だろ」。父が指差す床の上には、新聞紙が敷かれていて、その上に真新しい靴が並べてありました。「いい靴だね。どうしたが、これ」。そう言うと、「りんちゃんが買ってくれたがだ」と答え、ニコニコしています。孫から何かを買ってもらうのはこれまでも何回かありましたが、今回の喜びようといったら、まるで生まれて初めて革靴を買っ

てもらった時のようです。心が弾んでいることがはっきりと分かりました。

現在、父が靴を履くのは、かかりつけの医院、デイサービス、ショートステイに出かける時くらい。ほとんど歩けないので、靴を履く必要があるのは、ほんの一時《いっとき》です。にもかかわらず、靴を繰り返し見てニコニコしている。このような喜びをみせる父の姿はとても新鮮でした。

長女が父に買ってやった靴は、薄茶色のカジュアルシューズでした。ひもがついていなくて、足を入れるだけで気軽に履ける靴です。これなら、体の不自由な父でも履きやすい。というより、履かせやすい。もっとも、父が気に入ったのは、こうした靴の機能性よりも、この靴そのもののかっこよさのようでしたが。

私には父の靴にたいする特別の想いがあります。子どもの頃のこと、父が酒屋《さかや》者《もん》に出る時は必ず革靴を履いていました。帰る時もそうです。確か茶色の靴だったと思いますが、父は履く前にその靴をブラシか何かでみがいていました。どういうわけか、その姿が強く印象に残っていて、出稼ぎで父を送る時の切なさと迎える時の喜びの記憶は父の靴と一体なのです。

父の靴はがっちりとした体を支えるにふさわしく、当時から大きい、しっかりした靴でした。その靴のサイズはこれまで見たことがなかったのですが、今回の出来事で確認できました。二八センチ。改めて、その大きさにびっくりしました。そっと私の足を父の靴に並べてみると、確かに私の足よりも長い。おもわずため息をついてしまいました。

父の足が大きいのは親譲りです。私の祖父・音治郎は、身長が一七五センチはあったでしょう、背が高く、足の大きな人でした。しかも、足の人差し指は親指よりも長いのが特徴でした。子ども時代、大人たちから聞かされていたのは、足の大きな人はよく稼ぐということでした。実際、祖父も父もよく働きました。炭俵や刈ったばかりの稲をたくさん背負って立っても、揺らぐことは一度もありませんでした。大きな足がしっかりと支えていたのです。

長女が靴を買ってくれたことで、父がもう何十年も履いている茶色の革靴のことが気になりました。靴底はたいして減っていないものの、外見はかなりくたびれています。数年前、親戚の結婚式でも履いて行ったのですが、目出度い席に履いて出るには古すぎると感じました。

わが家の子どもたちも、そろそろ、結婚式を挙げる時が来ても不思議ではありません。そうなれば、父にピカピカの革靴を買ってあげようと思います。式場で車椅子に乗り、新しい革靴を履いた父はその時、どんな表情を見せてくれるのでしょうか。（二〇〇七年五月）

第二三話＊心いっぱい

「孫が嫁さんをもらうなんて最高に幸せだ。いったい誰に感謝すればいいのか」。結婚披露宴の会場で、「ばあちゃん、いかったね」と声をかけられるたびに、タマさんは目を潤ませ、何回も何回も手を合わせました。

タマさんは三年前、長年連れ添ってきた夫を肺気腫で亡くしました。それまで数十年間、夫や長男夫婦とともに山間地で田んぼを耕し、家を守ってきました。年をとって田んぼ仕事ができなくなってからは、毎日のように家のすぐそばの畑に出ていました。でも、夫がいなくなってから、外仕事をすることがめっきり少なくなりました。

そういうなかで楽しみは、二人の孫たちが訪ねてきてくれることです。ひとりは三和区に嫁いでいて、時々、ひ孫を連れてやってきます。そのひ孫は、小さな頃の長男と瓜二つ。かわいくてたまりません。ただ気がかりは、もうひとりの孫、正人さんでした。付き合っている女性がいることは知っていましたが、正人さんが三〇歳を越えていることもあって、早く所帯を持ってほしいものだと願っていました。

その正人さんが結婚式を挙げるという日がようやくやってきました。六月二日です。心配した雨も上がって、尾神岳の上の方には青空も見える。柔らかな木々の葉を少し揺らせて流れて来る風はじつにさわやか、この日はまさに結婚式日和でした。足の悪いタマさんは、高田の結婚式場へ車で送ってもらいました。

結婚式が終わって披露宴でのこと。タマさんは会場の隅で椅子に座って、新郎新婦の入場から、会社の社長さんの挨拶、友人の祝いの言葉など、ひとつでも見逃すまいと見ていました。式場のカメラはスクリーンに若い二人の動きを大きく映しだしてくれます。時々、そのスクリーンを見上げました。孫とその連れ合いの姿を見る様子はおだやかで、ゆったりしていました。そして、とてもうれしそうでした。

披露宴が終わりに近づいた頃、タマさんの表情が急に変わった場面がありました。「それでは、新郎の正人さんからおばあちゃんへプレゼントがございます」という司会者の声が流れた時です。事前に話があったのでしょうが、一瞬、緊張した顔になりました。白いタキシードを着た新郎が新婦とともにタマさんのところへやってきました。新郎が手にしていたものは縦四〇センチ、横三〇センチくらいの額です。額を目にした途端、タマさんの目に涙が溢れました。額の中には、片岡鶴太郎のようなクセのある字体で「おばあちゃん、心からありがとう」という文字が筆で書かれていたのです。しかも、その心という文字はどんと大きく書かれていました。書いたのはいうまでもなく新郎の正人さんです。

タマさんにとって正人さんは二人目の内孫でした。小さな時からずっと面倒を見てきた孫です。思いやりがあって真面目な人間に育ってくれさえすればいいと思っていましたが、こんなにもやさしい心の持ち主になってくれるとは……。

正人さんの心を込めた書のプレゼントはタマさんから始まって、新郎新婦の両親へと続きました。そして事前通告なしで、なんと、新婦にも。額の中に入った色紙には、「絆」という一字が力強く書かれていました。「一生、あなたとともに歩きます」という決意です。会場にいた親戚や友人の人たち、みんなが拍手を送りました。もちろん、タマさんも。会場では、小田和正の歌が静かに流れていました。♪ラーラーラ、ラーラーラ、言葉にできない。あなたに会えてほんとうによかった。

（二〇〇七年六月）

第二四話＊生還

五月になったばかりの日、夜九時半頃でした。私の携帯電話が鳴りました。入院したばかりの妻の父親が重体に陥ったという知らせです。じつはその前日、私は義父の家を訪れていました。コタツで一緒に昼寝をした際、呼吸が荒く、しょっちゅう咳き込んでいたので、いままでとは違うなとは感じていたのですが、まさかこんなにも早く緊急事態がやってくるとは思いませんでした。

直ちに家に戻り、妻を乗せて柏崎市内の病院へと向かいました。ナースセンターのすぐそばの個室に義父は入っていました。医療機器に囲まれ、呼吸の音だけがハッキリと聞こえる病室。付き添ってくれていた義兄によると、持病の間質性肺炎だけでなく、心不全を起こしている可能性もあり、重篤状態だといいます。義父は自呼吸ができなくて、人工呼吸器というのでしょうか、機械の力を借りて呼吸していました。

間質性肺炎は加齢とともに肺の機能が落ちていきます。義父がこの病気だとわかったばかりのころは、健康な人とどこが違うのかと思うくらいでしたが、そのうち、ちょっと力仕事をしただけでも咳き込むようになりました。最近は体の移動もままならず、台所、トイレ、寝室を行き来するのがやっとだと義母から聞いていました。でも、病院に向かった義父はその日の新聞、いつも持ち歩いている自分のカバンを持参したそうですから、たいしたことなく家に戻れると思っていたにちがいありません。

妻のキョウダイは三人です。入院したその日から、キョウダイやそれぞれの連れ合い、それに近くの親戚の人が義父に付き添いました。患者が無意識の内に点滴などの器具をはずさないか、機械が表示している数値が異常な変化を示さないかなどを見ていました。医者からは、「ここ一週間が山です、連休明けに人工呼吸器をはずした時、果たして自己呼吸できるか、できなければ付けたままの状態が続きます」。そう言われました。

連休明け。妻から「自呼吸できたよ」と聞いた時はうれしかったですね。何かしゃべろうとしている気配もあったともいいます。それから酸素マスクになり、数日後には、おかゆも食べられるようになっていきました。何回目か忘れましたが、見舞いに行った時、ベッドの上に新聞が置いてあるのを見て、ホッとしました。私はこれで退院できることを確信しました。

一ヵ月後、義父は退院しました。入院が一時間遅かったら死んでいたといいますから、本当に運が良かったと思います。退院して数日後、私は、自宅療養中の義父を訪ねました。ベットがある部屋に入ると、義父はさっと手を出し、握手を求めてきました。「ありがとう、世話になったな」。私は何回か見舞いに行っただけだったのですが、妻が三日に一回くらいの割合で付き添いをしたことへのお礼の言葉なのでしょう。手に力が入っていました。「とんでもない。おとうさんの看病をさせてもらったおかげで女房もだいぶ良くなってきました」とこたえました。

この日、義父母や妻などと一緒に、見舞いとしてもらったというスイカをご馳走になってきました。まだ六月ですから、早すぎてうまくないだろうと思ったら、意外にもとても甘く、美味しいスイカでした。一切れ食べたところで、義母が言いました。初ものを食べた時には東の方を向いてアッハッハと笑うもんだと。どうやら、柏崎地方の言い伝えらしい。スイカであろうがマクワであろうが、初ものを食べた時に東の方を向いてアッハッハと笑うと長生きするのだそうです。アッハッハといった調子まではいきませんでしたが、みんなで笑いました。これで義父も元気になるでしょう。

（二〇〇七年六月）

第二五話＊「五センチ」になった母

父もショートステイにだいぶ慣れてきたようです。先日、軽乗用車で迎えに行った時でした。受付のカウンターのそばで車椅子に座っていた父と世話をしてくれている女性スタッフとの会話を耳にしました。それはじつに楽しい会話でした。病気になる前も時たま冗談を言って笑わせることはありましたが、こんなに周りの人たちをひきつける話をしている父の姿は初めて見ました。

※

「ねえ、ハシヅメさん、奥さんの名前は？」

「エツ！」

「エツさん…、まあ、いい名前ですね」

こう言われれば、たいがい次ぎに出てくる言葉は「ありがとう」とか「いやいや」とかになります。ところが、父はこういう言葉を使わないで、片方の手をゆっくり前に出し、右手親指と人差し指を五センチくらい広げ、

「はあ、これくらい」

と言ったのです。父の頭の中には自分の連れ合いは小さいんだということがこびりついているんでしょう。どう問いかけられようが、父の次の言葉は「はあ、これくらい」になったと思います。実際、母は身長が一四〇センチ足らず、体重も四〇キロほどしかありません。たしかに小さな女性ではありますが、指を使って、母を五センチくらいにして表現するとは見事でした。

介護スタッフのひとりが、「はあ、これくらい」に反応して、

「そう、そんなに小さいの」と言うと、

「はあ、小さいがだ」

そばにいたスタッフの皆さんはみんなニコニコ顔になりました。

その五センチの母はおかげ様でとても元気です。長女が家にいる時、あるいは父が介護施設に行っている時は、時間さえあれば畑仕事や山菜や笹の葉採りに精を出しています。笹の葉採りなど仕事の大半は私の農業仲間だった頸城区や大潟区の人に頼まれてのものですが、こういう仕事はもともと大好きでした。日が沈んで真っ暗になっても家に帰らず、仕事に夢中になってしまうのは昔も今も同じです。いつも家族に心配させています。

※

家の中では、母は、父からひっきりなしに浴びせられる「おい」という言葉をやわらかく受けとめ、世話をしています。食事、トイレ、入浴など何から何まで世話をしているのですが、介護している連れ合いは身長が百六十数センチという大男です。父が転んだり、座り込んでしまった時にはそれこそたいへんです。

「ほら、おまさんも男だろね、頑張んない。はい、一、二の、三」などと声をかけながら起こしています。父の体調がいい時はそれで何とかなるのですが、気力がなよなよしている時はきびしい。ベッドから落ちた父をロープを使って引っぱり上げることもあります。

母は八十三歳になりました。

（二〇〇七年七月）

第二六話＊お風呂

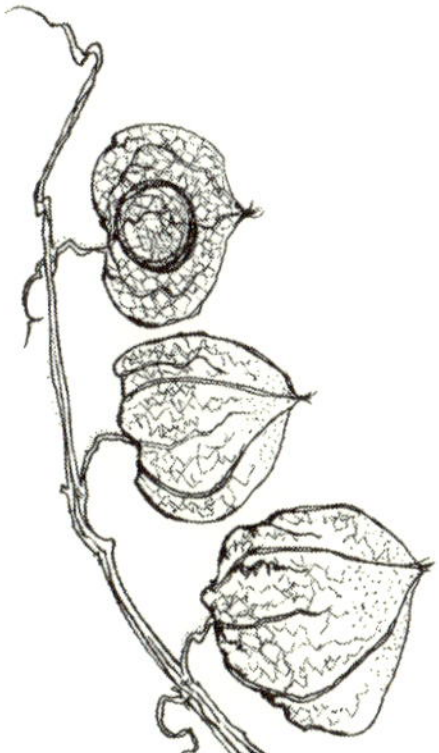

中越沖地震から九日目。三時間ほど時間をもらって吉川区から離れ、妻とともに柏崎市にある妻の実家に出かけてきました。地震から二日後に一度訪ねているのですが、義父の病気のことも心配で、再度様子を見てきたいと思ったのです。

妻の実家がある集落に入ると、一軒残らず建物応急危険度判定が行われていました。家々の玄関には判定済みの張り紙がしてありました。妻の実家は緑色の張り紙で安全でした。玄関の下の作業所脇では、義兄のTさんが軽トラにポリの箱を山のように積んでいます。「何をするの？」と訊《き》きますと、「水道の水が出ないので水を汲んでくる」と言います。前回訪問した時には「水が出る」と喜んでいたのですが、それは水道管に残っていたもので、じきに無くなったそうです。

柏崎の義父とは一週間ぶりの再会です。「どうですか、体の調子は？」と訊《き》いたら、「いや、あんまり良くないんだ。昨日から腹が減ってどうにもならない」という答えが返ってきました。顔色もいまひとつです。「腹が減る」のは普通なことだと思うのですが、食後、たいして時間も経たないのに腹が減るというのは、体のどこかでリズムの狂いが生じているのかも知れません。

でも、義父の昼食の様子を見た限りは普通です。ご飯にお茶をかけて食べているのは、喉の通りを良くするためですし、サヤインゲンのゆでたものや煮魚も食べているところもおかしくはありませんでした。そばにいた義母が「小さなおにぎりがウンマイって言うんだよ。それもタラコとスジコがいいって。サケはもくもくしていやなんだと」と言います。ベッド中心の生活スタイルもいつもと変わりません。横長のテーブルの上には、新聞のほか、農協が出しているビラ、地元の共産党組織が発行している被災者向けの制度案内ビラなどが載せられていました。

昼食を食べ終わってから、義父は立って部屋のカーテンを開けました。義父にとって、いま、部屋のカーテンの開け閉めが、家族のためになっていることを実感できる唯一の仕事になっています。カーテンをサーッと引いている時の顔は何となく、満足げな感じがしました。

カーテンを引くと裏庭が見えます。手前の方ではヤブカンゾウがグイッと花を伸ばし、奥の方ではオイランソウが白い花を咲かせています。そして左側の木にはノウゼンカズラが橙色《だいだいいろ》の花をからませています。夏に咲くこれらの花々を見ながら義父はさびしそうに言いました。「今年は何にも手、出せなかった」と。私には手入れがしてなくても、花たちはとても生き生きしていて、とてもきれい見えたのですが、義父にとっては納得のいかないところがあったのでしょう。

三〇分ほどたって、さあ、吉川に戻ろうという時に、義母が思いがけないことを教えてくれました。「あんちゃん、おやじさんを風呂に入れてやりたいというんで、水汲みの仕度をしている」と言うのです。水道が断水している間、家族は、吉川区の長峰温泉ゆったりの郷などで入浴してきたと言います。ただし、義父だけは別。体が不自由なため遠くには行けず、しっとりしたタオルで体を拭くだけだったのです。

この話を妻は、帰り際に義父に教えました。「あんちゃん、とうちゃんを風呂に入れるために水運びするんだって。良かったね、とうちゃん」。その言葉を聞いた義父は、「そうか」とも言いませんでした。しかし、聞いた瞬間、義父は体の動きを止め、じっと前の方を見つめていました。うれしかったんでしょうね。この日、義父は自分の一生の中でも最高に気持ちのいい湯船につかったに違いありません。

（二〇〇七年七月）

第二七話＊ラジオ深夜便

深夜、ふと目がさめてしまう。そんな時、あなたはどうしていますか。敬老の日、深夜のラジオ放送を楽しみにしているという人から興味深い話を聴きました。ラジオがとてもいい。気持ちをやさしくしてくれて、ゆったりした気分にひたることができるというのです。

「いやー、いいもんだね」。そう言いながらラジオの良さを教えてくれた人はHさん、七〇代後半です。いま、NHKのラジオ深夜便にはまっています。Hさんが一番楽しみにしているのは午前三時から始まる「にっぽんの歌こころの歌」。約一時間の放送の中で紹介される曲は、戦前、戦中、戦後の歌謡曲です。いずれもHさんの歩んできた人生と重なるものばかりです。流れてくる曲は、市販されている懐かしのメロディだけではありません、レコードのB面扱いだった曲もある。アナウンサーがよく調べておいて、歌手のことや曲

の紹介もやってくれる。さらには、その曲にまつわるお便りも紹介される。とても心地よいと言っておられました。

びっくりしたのは、Hさんが気に入った放送をすべて録音していることでした。本棚の片隅には、録音したMD（光磁気を使った記憶装置）が何と四九個も並んでいます。もう一個でちょうど五〇個になるとか。

試しに少し聴いてみたくなりました。「明るくちゃ、ちょっとムードはでないけどね」。そう言って聴かせてもらったのは、録音したMDのなかで最も新しい九月一五日の放送でした。スイッチを入れると男性アナウンサーの声が静かに流れてきます。「三時六分を少しまわりました。三時台は『にっぽんの歌こころの歌』、今回は津村謙と鈴木三重子の真夜中の夢の競演です……」。

紹介された曲は『流れの旅路』『愛ちゃんはお嫁に』『上海帰りのリル』など、いずれも戦後の曲です。この頃の歌謡曲は、どういうわけか小さな子どもたちの耳にも残るものでした。「さようなら　さようなら　今日限り　愛ちゃんは太郎の　嫁になる」「リル　リルどこにいるのかリル」などといった歌詞は私もしっかり記憶しています。『上海帰りのリル』は私が二歳の頃の歌、長くヒットしたのでしょうね。

こうした曲をバックにHさんは、終戦前の思い出を語ってくださいました。「吉川高校（当時は農林学校）の農場へ行こうとした時に、アメリカのグラマン戦闘機がやってきて、操縦士の顔まで見えて怖かった。あわてて水肥小屋の陰に隠れたわね」「黒井の空襲があった日（一九四五年五月五日）、爆撃をした飛行機B29が原之町上空を飛んで行った。いきなり急降下したかと思ったら、ドーン、バリバリ。ガラスが揺れた。あれが空襲だったんだね」。Hさんの話は、長岡空襲の時に北の空が真っ赤になったことなどへと続きました。

Hさんの十代後半から二十代は戦争と重なる激動の時代でした。「やっぱり、青春時代の歌がいいね。一緒に歌えるし、いろいろな思い出が浮かんでくるもん」。そういうHさんですが、「にっぽんの歌こころの歌」は布団の中でウトウトしながら聴いています。それが一番いいのだそうです。Hさんの録音したMDは、なつかしい曲だけでなく、ご自身の思い出も保存するものとして百枚、二百枚と続くことでしょう。

（二〇〇七年九月）

第二八話＊最後のロードレース

スポーツ競技にはドラマがあります。国際大会であろうが、小さな学校の運動会であろうが、どこでも同じです。二〇〇七年九月二九日、土曜日。新潟県立吉川高校の生徒や教職員、保護者にとっては、忘れられない一日になりました。

この日は恒例の校内ロードレースの日でした。来年の三月には閉校することから、現在、全校生徒は三年生だけの四八人。教職員も常勤はわずか五名です。長年、続いてきたロードレースも今回が最後のレースとなりました。天気は晴れ、秋風が吹き始めていたとはいえ、まだ暑さが残っていました。

レースは午前九時一五分にまず男子生徒が、次ぎに一五分遅れて女子生徒がスタートしました。スターターは校長の山田先生。「吉川高校最後のレースは全員に完走してもらいたい」。その思いをいだきながら、山田先生はピストルの引き金を引きました。

今回のレースはいつもと違っていました。いくつかの集落をぐるっとひと回りするこれまでのコースはやめ、高校から下町、そして高校の北側にある下条堰《げじょうせき》のそばを通って新潟事業㈱吉川営業所の前に出る一周約二・五キロの周回コースになったのです。このコースを男子は三周、女子は二周することにしました。理由はただ一つ。これまでのような一回まわって終わりのコースにするにはスタッフが足りないからでした。

そのことが分かったのは平和橋に近いカーブまで軽乗用車を走らせた時でした。そこには旧源小学校出身のS君のお母さんの姿がありました。また、何年か前に退職された元校長の小林先生や数学を教えておられた井上先生の姿もあります。保護者の方が誘導係りを務め、元教員も応援に駆けつける。みんな、この記念すべきレースを成功させたいと思っていたのでした。

小林先生はこの日、軽トラにお茶やスポーツドリンクを載せて応援に駆けつけました。トラックの荷台は臨時の給水所です。飲み物が入った紙コップをたくさん並べ、生徒が走ってくると、「おい、水、飲んでがんばれや」と声をかけていました。井上先生はというと、入院していた病院から休みをもらって家に帰っていたところ、有線放送でレースのことを知っての応援です。最後のレースとあって、吉川高校で教鞭をとっていた先生たちもじっとしておられなくなったのでしょうね。もちろん、原之町商店街などの地元の人たちも仕事の手を休めて応援していました。

最後の一周。足の早い生徒はもうとっくにゴールしています。背が高く、少し太めの生徒が臨時給水所に近づいてきました。体育の授業を一度も休んだことのないK君です。自転車に乗って先導役をしていた西海土先生が明るい表情で言いました。「この子がゴールしてくれれば全員完走です」。

ゴールのあるグランドには全校生徒が集まっていました。一〇時半になろうという時、ゆっくりとK君が走ってきました。「がんばれ」の声が飛びます。一時間一五分二七秒。彼のゴールをみんなが喜びました。K君の顔は笑顔で、輝いて見えました。

閉会式。山田先生は「レースは一人の脱落者もなく、無事終わりました。吉川高校九八年目の最後のロードレースを全員が走りきった、その思い出を心に刻んでおいてほしい。このレースができたのは家族、保護者の方たちの協力のおかげです」と挨拶しました。短い言葉ながら、ジーンときました。それに誘発されたのでしょうか、生徒全員が保護者のみなさんに向かって頭を下げ、H君が代表してお礼を言いました。「みなさんの温かい応援で走ることができました」。胸が熱くなりましたね。

（二〇〇七年一〇月）

第二九話＊ギプスのお守り

秀男さんが杉の枝打ちをしていて、七メートルもの高いところから落下したのは二月の末のことです。もう一本、枝下ろしをすれば終わりというところでの事故、右足の複雑骨折、左足はかかとが真っ二つに割れるという大怪我になりました。入院は当初予想を大きく上回り、七ヶ月にも及びました。

春先に入院し、秋までの闘病生活。三回にわたって手術が行われ、その後はリハビリが続きました。本人が考えていた以上にたいへんだったようです。でも、担当のお医者さん、看護師さんなどたくさんの人たちが秀男さんを支えてくれました。

入院して一番最初に秀男さんに声をかけたのは看護師のSさんでした。「秀男さん、シッコ足りなくて困ったねぇ。もっと、水、どんどん飲んでね。飲まないと脳梗塞になるわよ」。入院した病院に五台しかない高性能のベッドを使わせてもらったとはいえ、両足が不自由の身、秀男さんは看護師さんに迷惑をかけてはならないと水分補給を控えていたのです。Sさんのひと声で、遠慮しないで水分をとることにしました。

ベッドから動けない日は連続して三〇日にもなりました。その間、もちろんトイレに行くことが出来ません。便器を用意してもらって用を足すことになります。看護師さんたちのやっかいになりました。几帳面な秀男さんは、一回用を足すごとに枕元のカレンダーに鉛筆で印をつけました。一本ずつ棒を引き五回になると「正」という字になるやり方です。三〇日で合計二三七回。これは看護師さんたちにお世話になった回数であり、印です。

Nさんはゴミの片付け、車椅子の空気入れ、ベッドのシーツ交換など、なんでも屋さん。ちょっと男ずっぽのところがありますが、気は優しくて、病室をいつも明るくしてくれる女性です。赤ら顔の秀男さんを見るなり「秀男さん、いっぱい飲んでいるんじゃないの?」などと冗談を言って、みんなを笑わせます。そのNさんは、秀男さんのためにでっかい足枕をつくってくれました。

秀男さんが入院してから一番たいそ(難儀)だったのはリハビリでした。平行棒につかまりながら、片足で案山子《かかし》みたいに立つ、その動作だけでも一ヶ月かけて訓練をしました。

リハビリを始めたばかりの人は無表情の人が多いのですが、リハビリの行程が増えていくと次第に笑顔に変わっていきます。片足立ち、マットの上にあがって重りを付けた足を上下する訓練、階段を上る訓練など、一つひとつ増えるごとに秀男さんもうれしくなったと言います。自転車こぎの訓練をさせてもらえるようになった時には、「よく、ここまでたどり着いたね」とほめられました。

お世話になったお医者さんや看護師さんなどは、秀男さんには神様に見えました。退院が見えてきた頃、秀男さんは思い立ってひとつのことをはじめました。二ヶ月つけっぱなしだったギプスに、こうした人たちからサインをしてもらい、お守りにしよう。時間を見つけては一人ひとりにお願いしました。「七ヶ月間、お疲れ様でした」「お元気になっておめでとうございます」「無理をせず頑張って」「お元気で」。縦一〇センチ、横一〇センチのギプスは、たくさんのメッセージでうまりました。

「家に来たら、段坂があってたいへんだ」と現在も自宅でリハビリを続ける秀男さん、お守りは手づくりの袋に入れて、居間の見えるところに置き、頑張っています。この調子でいけば、来春、大好きな田んぼ仕事に復帰できるにちがいありません。

（二〇〇七年一〇月）

第三〇話＊いもご

秋が深まり、ツタやヤマウルシなどが赤くなってきました。尾神岳も紅葉し始めました。子ども時代、この時期の楽しみといえば、熟した村屋柿《むらやがき》を食べること、そして山芋を掘ることでした。現在はどうかといいますと、私はいま、「いもご」にはまっています。

「いもご」の正式名称は「むかご」と言うのだそうです。山芋の葉の付け根にできる球芽で、大きなものになると小指の頭ほどのものがあります。色も形もさまざまですが、大きくても小さくても、また、どんな形をしていようとも、これには山芋の香りとコクが詰まっていてとても美味しいのです。

おそらく、子ども時代からこの「いもご」を食べていたのでしょうが、どういうわけか、私にはその記憶がほとんど残っていませんでした。山芋そのものへの関心が強かったからなのでしょうか。

「いもご」についての記憶がよみがえるきっかけとなったのは数年前のことでした。著名な歌人・山田あきさんの歌碑を見るために、浦川原区の菱田という集落を訪れた時でした。案内役をしてくださった宮川哲夫さんが「いもご」をもいで、「これ、むかしは、炒《い》って食べたもんだ」と教えてくださったのです。そのひと言で、おおきなフライパンの中で「いもご」を炒っていた母の姿を思い出しました。もちろん、ほっくりとした味も一緒です。

以来、「いもご」についての記憶を次々とたぐり寄せることができるようになりました。母が「いもご入りご飯」をつくってくれたこと、「いもご入りの天ぷら」を食べる時、中の「いもご」がどうなっているかを確かめながら食べたことなどが心に浮かびました。

記憶がよみがえっただけではありません。それを再び食べたい、しかも自分で作ってみたいと思うようになりました。調理方法を習わずにいきなり作っても大丈夫という気楽さもありましたからね。

こうして、一番先に作ったのは、「いもご入りご飯」でした。あらかじめ、「いもご」をよく洗っておいて軽くゆでる。コメをといだら、そこに一握り入れて炊くだけ。炊きあがった時、「いもご」の匂いが電気釜からこぼれでて台所全体に漂いました。とてもいい匂いです。

　ふたを開けると、ご飯はうっすらと茶色の色がついていて、「いもご」がうまく蒸《ふ》けていました。ひと口食べたら、じつに美味い。あっさりした味でありながら、ひと口、もうひと口とついつい食べてしまう魅力を秘めています。そんなわけで、今ごろの時期になりますと、多い時で五回、少なくとも三回くらいは「いもご入りご飯」を食べています。

　今年は「いもご」の入った別の料理にも挑戦してみようと思っていたところ、先日、長岡市小国町（旧小国町）法末《ほっすぃえ》の宿泊施設で「いもご入り天ぷら」をご馳走になってきました。母が作ってくれたものとひと味違うのは、この中に「あけび」の皮の部分がちょっぴり入っていて、これが隠し味としてきまっていたことです。こんな工夫ができるのかと感心してしまいました。

　この「あけび入りいもごの天ぷら」に触発されていま、「サルナシ入りいもごご飯」などに挑戦しています。なかなか思っている味は出せませんが、自然にある素材をいかして「いもご入りご飯」をさらに美味しく出来たらいいなと思っています。


（二〇〇七年一〇月）

第三一話＊ぎっくり腰

恐れていたことが現実になりました。ぎっくり腰が再発してしまったのです。金曜日の朝、父の着替えを手伝っていたときでした。電気毛布による低温やけどで父の右足の外側が「赤めどこ」状態になっていることを長女が発見、薬を塗るというので父の体を後ろから抱き上げようとした瞬間、腰がぐずぐずとなってしまいました。

私が初めて腰を痛めたのは、三〇年ほど前のことです。耕運機にキャタピラをつけた雪上運搬車で牛乳缶の運搬作業をしていたときでした。蛍場から村屋まで二〇分くらいはかかったでしょうか。雪が降ったある日のこと、旧源農協のそばにあった集乳場、といっても、水槽があるだけの施設でしたが、そこに着いて、牛乳缶を下ろし始めたばかりのタイミングで大型トラックがやってきて、運搬車を移動しなければならなくなりました。急いで牛乳缶を下ろそうとしたのがいけませんでした。五〇キロもある缶を持ったときに、腰がグニャグニャしてしまい、まさに腰砕けとなりました。

初めて腰を痛めたときのつらさは、いまでも忘れません。トイレでしゃがむことができなくなりました。咳でもしようものなら腰に痛みがズンときました。車で乗り降りするときもそう。何よりも切なかったのは、腰が痛くても乳しぼりをしなければならなかったことです。腰を中途半端におろし、乳しぼりをしようとすると、牛の方も、いつもと違う様子に警戒心を持ちました。そして搾った牛乳は、どんなに腰が痛くても缶に入れて運び、水槽で冷やさなければなりませんでした。

以来、物を持つときには腰を痛めないことを意識するようになりました。一回、腰を痛めると、何日も仕事ができなくなるばかりか、立ちねまり、歩行など、まともにできなくなるからです。重いものを持つときは、まず腰を入れて、腰をふらつかさないようにしました。

それにもかかわらず、その後、何回も腰を痛めています。酪農をやっていたときだけでも、少なくても五回は腰を痛めた記憶があります。酪農家で腰を痛める人は多く、いかに早く治すか、みんな大きな関心を持っていました。どこどこの整体師は一発で治してくれる、いろいろ当たったけれど最後は身近なところが一番良かったなどの情報を交換し合ったものです。

困ったのは、いったん腰を痛めると、ちょっとしたきっかけで腰を痛めることでした。重いものを持つときは腰を意識しましたから、そう何回もなかったのですが、むしろ、軽いものを持つときの方がなりやすかった。風呂に入っていて、洗い場にある洗面器を取ろうとしただけでぎっくり腰になったこともあります。

さて、数年前に酪農をやめてからは、重いものを持ってぎっくり腰になる心配はほとんどなくなりました。それで、腰の痛みからはずっと解放されるものと思っていたのですが、一年半ほど前から父が要介護状態となり、再び、腰のことを意識するようになりました。何人もの人に「おまんちのじいちゃん、大柄で骨太だすけ、きいつけないや」とも言われていました。だから、また、ぎっくり腰になりやせぬかと注意していたんですが。

再び腰を痛めた日。市議会は私の所属する常任委員会でした。佐渡汽船の小木直江津航路問題で質問に立ったものの、腰の痛みは増すばかりでした。家に帰ってもベッド中心の父の生活は変わりません。私はささやかな介護の補助しかできませんが、父が介護を必要とするうちは、なんらかの手助けをしてやりたいと思います。早く腰の痛みを治して、自宅でできる介護の基礎知識ぐらいは身につけておかないと……。

（二〇〇七年一二月）

第三二話＊緊急入院

　母から緊急連絡が入ったのは二七日の夕方でした。「とちゃ、じちゃの様子がおかしいすけ、見てくれ」。そういう母の口調には落ち着きがあったので、パソコンのスイッチを切ってから父のベッドへと急ぎました。「大丈夫か」と声をかけると、父はうなづきます。でも、その動きにはいかにも具合が悪いといった鈍《のろ》さがありました。

　父は前日から痰が詰まりがちでした。この日も痰の切れが一段と悪くなっていました。医療のことで困るといつも相談するFさんや従姉から「このまま家で様子を見るにしても限度がある」とアドバイスをもらい、かかりつけの医院に何度も連絡しましたが、何かあったのでしょう、連絡はとれませんでした。それで救急車を呼ぶことにしました。

　救急車で父を病院に運んでもらったのは二五年ぶりのことです。前回は牛舎管理棟で大量の吐血をし、その血を見ただけで大慌てしてしまいましたが、今回も、あまり落ち着いてはいられませんでした。Fさんから、「肺炎を起こしている可能性がある。油断できない」と聞いていたからです。

病院での診察の結果は、やはり肺炎でした。レントゲンでは片方の肺は真っ白で、いまひとつの方も白い点がかなり広がっていました。担当医からは、「最悪の場合、明日の朝まで持たないかもしれません。いざという時に心臓マッサージ、人工呼吸器はどうされますか」とまで言われました。私は弟たちや父のキョウダイなどに連絡を取り、診断結果を伝えました。

大潟区に住む弟、わが家の子どもたち、大島区の従兄弟などが心配して病院まで駆けつけてくれました。彼らが病院を離れ、病室で父と私たち夫婦だけになったのは夜中の一時近くでした。それからの時間が長かった。担当医から直接聞いた、「最悪の場合は……」という言葉が頭からずっと離れず、時間の流れが気になりました。デジタル時計の数字を何回見たことか。

病室から外へ目を向けると、謙信公大橋に至る道が見えます。午前二時過ぎから通り過ぎる車がガクンと減りました。たまに通る車のライトをうれしく感じるのはなぜでしょう、

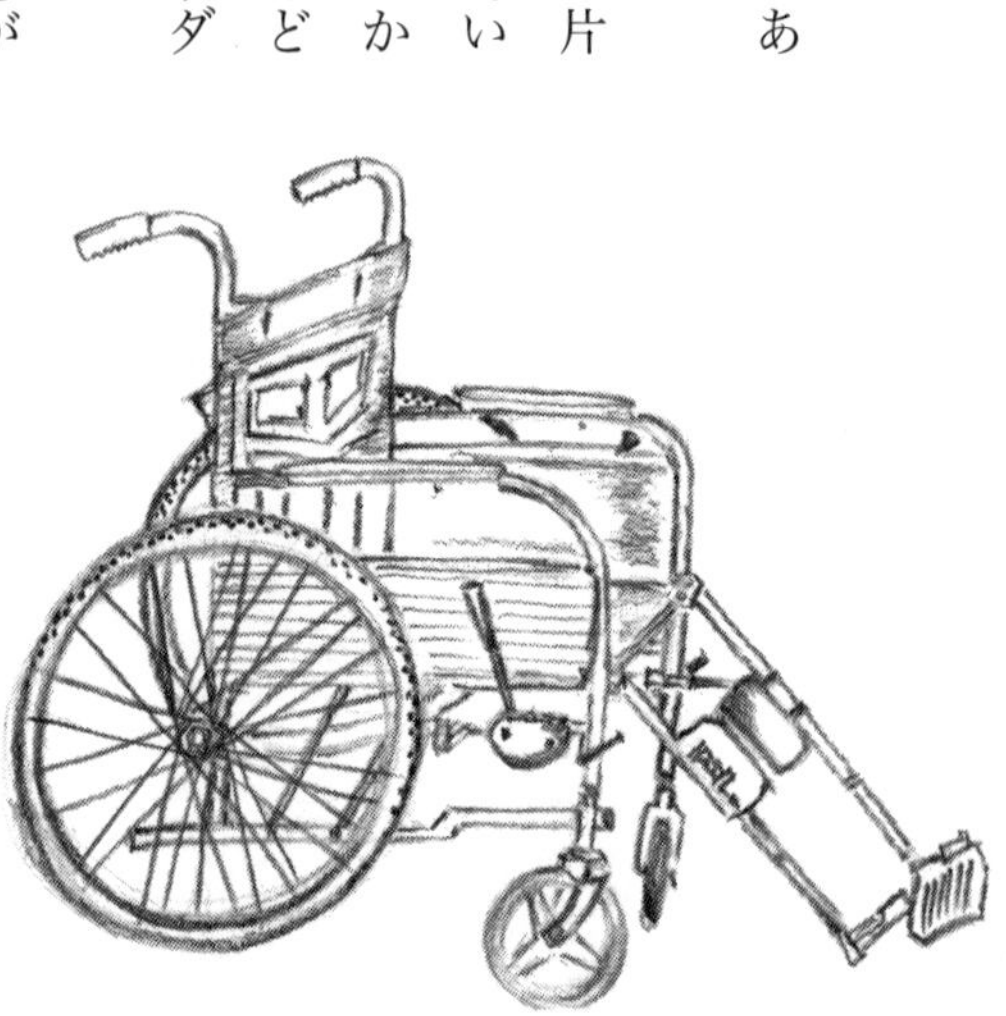

ライトの流れを追い求めるようになりました。冬場で夜明けが遅いこともあって、車が徐々に増えてくるのは午前六時過ぎでした。

医者に何時までと言われたわけではないのに、六時を過ぎたら何となくホッとしました。父がひと山越えたと思えたからです。ベッドを見ると、父は相変わらず薄眼を開けて私の顔を見ています。時たま、口をあけて何かを言っていたのですが、入れ歯をはずしているため、何を言おうとしているのかさっぱりわかりませんでした。

入院後一週間。父の病状は回復基調にあるものの、熱が上がったり下がったりするなど一進一退を続けています。しゃべる言葉がほとんどわからないのも同じで、わかるのは「おい」とか、「ばちゃ」ぐらいなもの。ただ、こちらからの問いかけには、うなずいたり、首を振ったりして意思表示してくれます。

そんな父も最近は、自分で意思表示する新たな方法を考え出しました。「いやだ」という時には両方の手を出して×（バツ）を作ります。「ありがとう。さよなら」の挨拶では、グローブのような白い手袋をはめたまま、右手を斜め前に持ち上げます。父が一番大好きな孫たちが付き添ってくれたときは、特別うれしいのでしょう、感謝の意味を込めて、右手をサッと上げています。じいちゃん、がんばれ。

（二〇〇八年一月）

第三三話＊漬け菜汁

漬物や鍋物が美味しい季節です。ここ数年、郷土料理に興味を持ち、呉汁とかソーメン南瓜（糸瓜）や漬物を使った料理の話が出ると、それだけで頭の中がいっぱいになります。先日も、フミエさんの家におじゃましたときに聞いた漬け菜汁の話にぐいぐい引き込まれました。

漬け菜汁というのは、私が子どもの頃、どこの家庭でもよく作っていたお汁です。最近は、あまり作らなくなって、「漬け菜汁」という言葉自体が使われなくなりつつあります。ですから、フミエさんから作り方を教えてもらうまで、どんなものが入っていたのかさえ忘れていました。

基本的な作り方はこうです。まず酒粕を一晩水に浸しておく。そして翌朝、それをグラグラと煮る。これを、あらかじめお汁茶碗に入れておいた漬け菜にかけるだけで出来上がりとなります。漬け菜は刻んで入れておくのだそうです。作り方は極めて簡単ですが、実際は作り手によって工夫されているようです。漬け菜はしゃりしゃりという食感を出すために、粕と一緒に煮ない。漬け菜のほかに、渋柿や黒豆を入れて、その人ならでは味にする。作る人は、いろいろと考えているんですね。

母にもきいてみました。母の場合、酒粕を一晩水に浸しておくまでは同じです。煮る段階でワラビの干したものを刻んで入れるほか、打ち豆も入れたといいます。煮上がったものを漬け菜にかけます。こうすると、うま味も温まり具合も違うのだと母は言います。漬け菜汁は、冬の代表的な郷土料理のひとつでした。雪がしんしんと降った日の朝、道つけが終わって、茶碗に盛ってもらって食べると体の芯から温まっていくのがわかる食べ物でした。冬を乗り切るために家族みんなが道つけや雪掘りなどをし、みんなが温まる。こういう食べ方をしたから、何十年も前に食べた人たちは、いまでも懐かしがって食べるのではないでしょうか。

私にお茶をご馳走してくださったフミエさんは夫を三年前に亡くして今は独り暮らしです。朝の連続テレビドラマや「ためしてガッテン」などの番組が大好きで、よくテレビを観ています。さみしい時には近くに住む同級生や友達に電話をかけ、時々は出かけて、おしゃべりも楽しんでいます。

そんなフミエさんですが、この時期になると、遠い親戚の人たちのことが頭に浮かびます。吉川に泊まりに来て、なんでも喜んで食べてくれたこと、いろんなものを小荷物にまとめて送ると喜ばれ、「故郷のものは格別だ」といって丁寧なお礼の言葉が返ってきたことなど……。こうして何人もの人に宅急便を送るのでした。亡くなったお連れ合いからは、「おらちは宅急便貧乏だ」と言われたほどです。

この冬、フミエさんは、宅急便の回数券を購入しました。少しでも安上がりになるようにすれば、亡くなったお連れ合いもじっとがまんしていてくれるに違いありません。そして、すでに関東に住む親せきの人たちに、自分で作った野菜やモチ、コンニャクなどを送りました。

フミエさんは、冬の間に親戚の人たちに、もう一回宅急便を送るのだそうです。モチと漬け菜です。モチは二度目。漬け菜はもちろん、漬け菜汁を食べて温まってもらうことを考えて……。

（二〇〇八年一月）

第三四話＊花になる

名前を聞いただけで一度会ってみたくなる人がいます。「小雪」「花子」などといった名前に出合うと、自分なりにその人のイメージをふくらませてしまいます。そして、素敵な名前の人が実際にはどんな人なのか、会ってみたくなります。

柳川月《やながわつき》さんもそうした一人でした。私が大学を卒業してまもなくのこと、旧青海町在住の、印刷の仕事をしておられる人として、初めて知りました。当時はガリ版が全盛期でした。月さんの作られたものは、ひとつひとつの文字が丁寧に書かれていて、文字が並ぶと不思議なほど読みやすく、きれいでした。私もガリ版をやった経験がありますが、その見事さに惚れ惚れしたものです。

月さんは、月の形で言えば三日月のような人、名前からそのように想像していました。しかし、それから三〇年近くも出会うことなく時は流れたのです。数十年間、正直に言って、ほとんど名前も聞くことなく過ごしたのですが、再び月さんの名前と文字に出合ったのは、日本共産党上越地区委員会の事務所でした。

一昨年のある日のこと、事務所のひとりの職員さんの机の上に、「ざ・むぅん」というタイトルの手書き新聞が開いて置かれていました。見た瞬間、なつかしさがこみあげてきました。私が二〇代の頃出合った時とまったく同じ文字が並んでいたからです。美しさもそのままでした。

B4二つ折りで、四ページの小さな新聞を隅から隅まで読んで感心しました。平和を願い、庶民の立場からの主張がある。短歌や川柳、家族新聞などを受け取った記録もある。もちろん、ご自身の行動記録も。ガリ版で書く一字一字を大切にしたように、月さんの文章は一人ひとりの人間を大切にする姿勢で貫かれていました。一読して、すごさを感じました。私はすぐに手紙を書きました。私にも購読させてくださいというお願いです。何枚かの八〇円切手を同封して申し込みました。

「ざ・むぅん」は一九七二年一月に創刊され、その後、ほぼ毎月一回のペースで発行されてきました。月さんからの封筒が届くようになってから一年ほどたった昨年の秋、この新聞は三〇〇号を迎えました。「どうやら三〇〇号にこぎつけました」で始まる文章は、月さんのお人柄がそのままにじみ出ていて、それまで励まし、支えてくれた人たちへの感謝の気持ちがつづられていました。

初めて月さんにお会いしたのは、というよりも見かけたと言った方が正確ですが、二年ほど前に市民プラザで開催された「憲法9条を守る会」でした。月さんは白髪で、顔の形は満月に近い丸さがありました。目は、平安時代の女性として描かれている貴族のように細く、ほんのりと引かれた紅がとても印象に残りました。その後、二回ほどお会いしていますが、まだ、あいさつ程度で、ゆっくりお話できる機会はつくれないでいます。

さて、月さんは、「ざ・むぅん」の新年号巻頭に「ことし私は花になります」と書いて、全国に発信されました。「花」という文字の脇には小さく「八七」とありました。月さんが花になる。どんな花になるのかと文章を最後まで読み進んで、うなってしまいました。「この一月二十七日で私は満八七歳になります。そうです、私は花になるのです。枯木に花を咲かせましょう。世の中のいろんな矛盾をしりぞけ、平和の花の一輪になりましょう」と書かれていたのです。

一月二七日、私は偶然、花になったばかりの月さんと会いました。とてもきれいでした。

（二〇〇八年二月）

第三五話＊プレゼント

二月一四日はバレンタインデー、父の八一歳の誕生日でした。昨年の暮れに緊急入院し、ひょっとすれば命が途絶えてしまうかも知れないという事態に陥ったこともあって、今年の場合は、父が誕生日を迎えたことを特別うれしく感じました。

父は、昨年の二月に満八〇歳になってから、「おれ、八〇になった」という言葉を繰り返し使うようになりました。この言葉を言えば、「そうかね、えらいね」とか、「たいしたもんだ」などとほめられることを頭にしっかりと記憶していて、繰り返し使ったのだと思います。父はほめられる度にうれしそうに笑いました。

今年はずっと入院生活です。入院後、会話ができなくなっています。誕生日まであと一週間ほどになって、妻が、「じいちゃんの誕生日、今年は何かプレゼントしてあげようよ」と言いました。認知症もかなり進んでいるので、正直言って、贈ってもわからないのではないかと思い、その時は、それ以上、話は進みませんでした。

誕生日当日、ある人からチョコレートをもらい、妻の言葉を思い出しました。そうだ、きょうはじいちゃんの誕生日だ。何かプレゼントしなきゃ。そう考え、とりあえず、病院へ足を運びました。

父は前日、大部屋から六階の個室に移ったばかりです。病室で初めて会った看護師さんに、「きょうは父の誕生日なんですよ」と言うと、「あら、そうなんですか」とにっこりし、「橋爪さん、よかったですね」と父に声をかけてくださいました。私も父のそばに行き、「じちゃ、おまん、八一になったがだよ。いかったね。今度は八二になろうね」と言いました。ところが、父はこっくりしたものの、何を思ったか、「おれ、役に立たんがか」と言うのです。ハッキリと聞き取れる言葉で父から思いがけない質問を受けたので一瞬とまどったのですが、「心配いらんよ。じちゃは十分、家のために役に立っているよ」と答えることができました。

父との思いがけないやり取りがあったあと、まもなくして、携帯電話がブルルと震え、埼玉に住む従妹から「誕生日おめでとう」というメールが届きました。どうして父の誕生日を知ったのかわかりませんが、従妹からのうれしいメールでした。これがヒントになり、父へのプレゼントを考えつきました。

父が入院中の病院では携帯電話を使用できます。よし、きょうは、じいちゃんに声のプレゼントだ。そう決断してから、まず母のところへ電話を入れました。父の左耳に受話器をつけると、母の元気な声が聞こえてきました。「じちゃ、早く良くなって家に帰ってきないや」という呼びかけに「おぅ」という小さな返事が出ました。次は、愛知県に住んでいる弟です。「とちゃ、元気かね、頑張るんだよ」。いつも父が心配していた弟の声を聞き、「うん」とか「あぁん」とかやっています。最後は大潟区に住む弟、前日も見舞いに来たばかりといいますが、弟の元気づけの言葉に父はうなずいていました。

さて、父にプレゼントをと提案した妻ですが、勤務を終えた夕方、一枚の紙を持って病室に入ってきました。大きなひらがなで「あいうえお」が書いてある一覧表です。「おじいちゃん、今度、何か言いたいことがあったら、この紙の字を指差してね」と声をかけていました。これで父との会話ができるようになれば、と考えたのでしょう。思い通りにうまくいってくれればいいのですが、なかなか難しそうです。

この日、父が入院してから初めて、父の「ありがと」という言葉を聞きました。

（二〇〇八年二月）

第三六話＊亡くなった後に

ひとり、また一人と親のキョウダイが亡くなっていきます。年の順番は関係なし。前触れもなく急に倒れた人、ずっと入院生活をしていて、ロウソクの火が消えるように亡くなる人、事故で命を落とした人など様々ですが、葬儀などで共通して語られるのは亡くなる少し前の様子と昔の暮らしです。

先日亡くなった伊勢崎の伯母の場合もそうでした。伯母は七人キョウダイの一番上です。九一歳。私の父より一〇歳も離れていたので、父の姉というより、祖母のような感じがしました。わが家では祖父・音治郎を子どもの先頭に立って助け、伊勢崎市に嫁いでからは、家具店のおかみとして、伯父をしっかりささえてきました。

伯母が入院したのは三か月ほど前のこと。きっかけは、コタツの敷布団か何かにつまづ

いて転倒し、腰の骨を折ったことでした。一〇センチ以上もある長い鉄製補助具を体に埋め込んでもらったものの、リハビリをきらいました。いとこの話では、病院へ行くと、「もう苦しいのはいやだ。早く逝《い》きたい」ともらしていたと言います。

体を動かさないものだから、伯母の腕や足の筋肉はどんどん落ち、やせ細りました。まったくしゃべれなくなってからのことです。いとこのKさんの連れ合いが伯母を見舞いました。凍み大根のように細くなった足を、ゆっくりとやさしくさすってやったところ、伯母は目をパッチリと開けます。うれしかったのは伯母だけでなく、さすった本人も同じだったのでしょう、にこにこしてその時のことを語ってくれました。死の直前でも、人のやさしさは伝わるんですね。

葬儀の時、伯母の遺影を見てびっくりしました。あまりにも祖父・音治郎の顔とそっくりだったからです。ちょっとさみしそうな目、高い鼻、頬骨の張り具合などはまったく同じです。もし、坊主頭になっていれば、誰もが祖父だと言うでしょう。それくらい似ていました。

お斎《とき》の際、挨拶を求められ、わが家の終戦後の暮らしや伯母の顔について話をさせてもらいました。その影響もあってか、それからは、私の周りのいとこたちやその連れ合いが、終戦前後の暮らしや出来事について次々と語りました。

伊勢崎や高崎のいとこたちがわが家に疎開に来ていた頃、祖父は尾神岳の南側にある国造山などで炭焼きをしていました。家に戻るときには体中が炭で真っ黒です。炭俵を背負いながら帰ってくる祖父の姿は、子ども時代のいとこたちに強い印象を与えます。全身が真っ黒、そして祖父のふんどしの中では、小さな黒い塊《かたまり》が右へ、左へと揺れている。「黒い塊の揺れ」は激しい労働と疲れの象徴でした。

こんな話も聞きました。伯母が自分の子どもたちに語り継いだ話のなかに、よく白装束の人たちのことが出てきたというのです。わが家は父が生まれる前に三人もの男の子が幼くして亡くなっていますが、ある日、白装束の人たちがやってきた。何をしに来たかは不明です。ただ、それから男の子が育つようになったということでした。

この話を聞いた時、すぐに浮かんだのは、山伏《やまぶし》です。じつは、わが家は数百年前、山伏寺だったと聞いています。どうも修験者を泊める家だったらしい。名前は「法生坊」。「ほうさいぼう」と読むのか「ほうせいぼう」と読むのかわかりませんが、わが家の屋号は「法生《ほうせい》」です。ひょっとしたら、伯母はわが家の言い伝えについてもっと詳しく知っていたのかも知れません。伯母の死で、改めてわが家のルーツを探りたくなりました。（二〇〇八年五月）

第三七話＊散髪

父の入院生活は七ヶ月目に入りました。ご飯は食べられない。水も飲めない。酒やたばこはもちろん駄目。飲食物を摂取しても食道へは行かず、喉《のど》から肺にいたる気管やその先の肺に行ってしまう。こうした状態の父にとって、数少ない楽しみはお風呂と歌だけかと思っていました。ところが、まだあったのです。

先日、父の病室を訪ねようとしたら、すぐそばの廊下で床屋さんが車いすに座った患者の頭を刈っていました。患者の後ろ姿はあきらかに父です。「あら、じいちゃん、いかったねぇ。散髪してもらって」。そう声をかけると、父は目をつぶったままうなずきました。

父の姿を見てうれしく思いました。というのは、正直言って、まだ車いすに乗ることができるとは思っていませんでした。もう、ベッドから動けないものと勝手に思いこんでいたのです。散髪をしてもらうにしても、ベッドの上でなければ駄目だと思っていました。

それに、床屋さんがひとりで仕事をしておられるのも驚きでした。他人に頭をかまってもらうとなると、「もういいが」とか何とか言っていやがり、誰かから頭を押えてもらわないと刈ってもらえないものと思っていたからです。

「いい子になってますね」と床屋さんに話しかけたら、床屋さんは笑顔で「はい、大丈夫ですよ」と言います。床屋さんは市内の稲田在住のサトウさん。まだ若い方ですが、人懐こくて話好き、とても感じのいい人です。

「お父さんはおいくつなんですか」

「八一歳です」

「おかあさんはお元気なんですか」

「はい、元気ですよ。八四歳ですが、自転車に乗れば、一〇キロくらい遠くでも行ってしまいます。百歳までは生きるでしょう」

「私も吉川へ行くことがあるんですよ。先週は二日続けて長峰温泉『ゆったりの郷』へ行ってきました。入浴と食事がセットで千円とか千五百円とかいうのがありがたくて……。とくにアナゴのセットがいい」

こんな調子で、しばらく会話が続きました。

病院の廊下は床屋さんの臨時の仕事場です。大きな鏡はありません。約二〇分ほどかけて散髪が終わると、父を病室内の洗面所に移動しました。髪を短く刈り上げてもらった父の頭はすっきりした感じになりました。

「じいちゃん、いい男になったねぇ」

そう呼びかけると、また、だまってうなずきました。

「よし、じいちゃん、いい男になったすけ、写真撮ってやるよ」

デジタルカメラを取り出し、大きな鏡を見ながら、少しでも明るい表情の写真をと思ったのですが、これがうまくいきません。二〇分も頭を起こしていたので、疲れたのでしょう、首をなかなか持ち上げてくれませんでした。でも散髪後の気分は上々だったようです。

「いい男になったね」という声に口元が動き、小さく「ハハッ」と笑いましたから。

若い時には髪の毛をきちんと整え、ばっちり決めていた父。病気になっても、「いい男でいたい」という気持ちは変わらないようです。入院後、二回目（？）の散髪でみせた父の満足げな表情は意外でしたが、うれしい発見でした。

（二〇〇八年七月）

第三八話＊「転《ころ》ぶなや」

いま会っておかないと二度と会えないかも知れない。そんな思いが心のどこかから湧いて出たのでしょうか、母が大島区板山の伯母のところに連れて行ってくれと急に言いだし、一緒に出かけてきました。

「板山のばちゃ、最近、足にしびれがくるがだと。顔、見に行ってこねと」。母の強い調子の言葉に押されて出かけたのは町内会の祭りの翌日、それも夕方のことでした。いつものことながら、バタバタと土産にするものを決めました。今回は、前日の祭りの時に作った押し寿司と玉ねぎです。車にのせてすぐ出発しました。

伯母の家まで車で約四〇分。近いようですが、なかなか行けませんでした。母にとって、姉と再会するのは一年ぶりくらいだったでしょうか。

茶の間にあげてもらうと、いつものように、飯台の上にはご馳走がいっぱい並んでいます。そのそばで母が土産の品を広げはじめたら、伯母が言いました。

「何でもいらんそったがに。こんげっぺ。おら、こんげんことせねがに……。ま、もうしゃけねぇね。ごっつお、ごっつお」

それから、堰を切ったように、二人の会話が続きます。

「あらまあ、お寿司屋さんが作ったような寿司だない」

「きんな（昨日）の祭りの時に作ったがだすけ大丈夫だと思うでも、チンして食べてくんない」

「おらとこは、野菜ごっつおばっかでそ」

「それで、いいこて。上手に作ってあるねかね」

「なーし、おらちのおっかさ作ったがだ」

二人の会話は、食べものから、お互いの体調のこと、懐かしい人のこと、昔話へと、どんどん広がっていきます。

「おまさん、達者だね。年より若いねかね」

「なして、ほら、腕なんか、シワクチャじゃ」

「ふんだ、おらの方が丸っこいわ」

「あたしゃのじちゃ、几帳面な人だでも、最近、しゃべらんくなっちゃったそうだ」

「まあ、気の毒だねや。あの人は、おら狭山（狭山市に住んでいた叔父のこと・故人）と年、同じだ」

八月も半ばすぎ。いまにも雨が降りそうな空模様の中で、板山はセミの声ひとつせず、とても静かでした。母と伯母の話し声の他に聞こえてきたのは、オートバイの中古などを買い求めて回っている業者の宣伝カーのアナウンスだけです。ゆったりした時間の流れの中で二人はとても楽しそうでした。

帰り際、母は伯母からたくさんのヨウゴ（ユウガオ）をもらうことになりました。畑は伯母の家のすぐ隣にあります。日当たりがよく、土地も肥えているのか、畑には重さ三キロ以上、長さ五〇センチ近いヨウゴがごろごろしていました。「ばちゃ、もういいよ。十分だよ」という私の声にかまうことなく、九一歳にもなる伯母は次々と運び出してくれました。

キョウダイは伯母と母だけ。毎年ひとつずつ年を重ね、体も弱っていく。でも、いつも姉や妹のことを心配している姉妹です。車に乗って帰る時、母が「そいじゃ、元気でね」と言うと、伯母はしっかりした声で言いました。「転《ころ》ぶなや」。

（二〇〇八年八月）

第三九話＊ワラ集め

稲刈りのシーズンがやってきました。車の窓を開けていると、実った稲の甘酸っぱい匂いが入りこんできます。この時期になると、私はこの匂いとともに、ワラ集めの仕事のことを思い出します。

酪農をやっていたわが家にとって、秋の一番の仕事はワラ集めでした。ハサがけのワラがあった時には耕運機にのせて運んだことが忘れられません。あらかじめ何軒かの稲作農家にワラを売ってほしいと頼んでおくと、稲こき（脱穀作業）が終わった時点で、取りに来てほしいと連絡が入ります。軽トラックがなかったころの運搬手段は耕運機でした。耕運機の荷台に、それこそ、ワラを山のように積んで運ぶのですが、積み方やしばり方にこつがありました。ワラの束を交互に組んで積む。山になった荷を縦横に一定の間隔でしっかりとロープで結ぶ。このことがちゃんとできていないと、運んでいる途中で荷が真っ二つに割れてくずれてしまうことがありました。それも、もう少しでわが家の牛舎に着くという時にくずれるのです。当時は砂利道です。大きめの石にタイヤが乗り上げて荷が割れて傾いたり、場合によっては、耕運機の周りにワラがバサッと落ちる。そんな時はくやしい思いをしました。

また、雨が降りそうな時は緊張しました。荷にブルーシートをかけて運べば安心していられるのですが、運ぶにあまり時間がかからない距離であればシートなしで運びたくなります。いつ雨が落ちてくるかびくびくしながら運ぶことがたびたびでした。

ハサがけのワラがほとんど入手できなくなったのは、コンバインが普及してからでした。ハサがだめとなれば、刈り取りが終わった田んぼの稲ワラをもらって集めるしかありません。田んぼに落とされた稲ワラを一日ほど天日にさらし、それ攪拌《かくはん》して乾かす。ワラの列をつくる。ワラを梱包《こんぽう》する。その作業を機械でやり、集めました。この作業はトラクターの後ろに攪拌、集草、梱包の機能を持ったアタッチメントを作業の種類ごとに付け替えて行いました。

ここでも一番の心配は空模様でした。ワラ集めの作業をする時は電話で177をまわしました。高田測候所の最新の天気予報を聞くことができたからです。ここの情報が一番確実で、あてになるものでした。予報はたしか三時間ごとに発表されていたように思います。稲の刈り取りが終わった時から、晴れの天気が連続して続く場合、約四日間あれば乾いたワラとして収集できました。予報で数日間の天気の移り具合を確認した上で作業に入りました。晴れの天気がずっと続くこともありますが、せいぜい二日か三日です、続くのはなかなか続きません。なかには乾いて、「さー、梱包するぞ」という段になって、雨がザーッと降ってくることもありました。

切なかったのはいまから二十数年前のことです。コンバインから長いままで生ワラを落としてもらったものの、晴れの天気が続かず、とうとう冬を迎えてしまいました。翌春、田んぼの土にべったりと張り付いたワラを田んぼの外へ上げる作業をすることになりました。機械を使っても張りついたワラをうまく収集できず、手作業で根気よくやるしかありませんでした。

わが家のワラ集めを記録した写真がたった一枚だけ残っています。下中条のカメラマン・平田一幸さんが撮ってくださったものです。私がトラクターに乗り、乾いたワラの梱包作業をしていて、上半身裸の父が後ろから付いて歩いている写真です。わが家の牛飼いは、この父が牛に餌をくれることができなくなって終わりとなりました。（二〇〇八年九月）

第四〇話＊落ち穂拾い

ご飯はひとつぶでも残すな。バチがあたるぞ。私が子どもの頃、父や祖父・音治郎に言われた言葉です。いつも空腹を感じていた時代でしたので茶わんに盛られたご飯を残すことはめったになかったはずなのですが、なぜか繰り返し聞かされた記憶が残っています。

当時、わが家は吉川町（現在、上越市吉川区）のシンボル、尾神岳のふもとにありました。そこで、八反（八〇アール）ほどの田んぼを耕作していました。この田んぼでとれた米を売って得る収入がどれほどだったかは詳しくわかりませんが、わが家の家計を支える極めて大切な収入源であったことは確かです。

売れるコメはできるだけ多くして、自家用分は少なめにする。よその農家もそうだったと思いますが、わが家ではその考えが食生活など生活全般にわたり貫かれていました。自家消費用のコメはある程度余裕を持って確保するものの、食べる量は最小限度にとどめていました。米俵に入れて売ることのできない小さなコメなどは粉にして、団子をつくりました。囲炉裏で焼いてもらった「焼きもち」も、こうした売ることのできないコメで作られたものです。そのほか、コメに麦などを混ぜて炊いていたこともあります。こちらは健康のために良いというたい文句でしたが。

いうまでもなく、田んぼでは一キロでも多くコメを収穫しようとしました。寝かせた堆肥を春先、田んぼに入れる。田の草取りをする。水管理をしっかりとやる。そのほかにも重要な作業がいくつもありましたが、田んぼで得る収入が家計で大きな割合を占めていただけに、一つひとつの作業をていねいにやっていました。稲作にたいする力の入れ具合はいま以上だったと思います。

そうしたなかで忘れられないのは落ち穂拾いです。稲刈り鎌やバインダーで稲刈りをしていた当時、田んぼに落ちている稲穂をひとつ残さず拾い集めようとしました。もちろん、収穫量を少しでも増やすためです。その作業をしたのは主にじいちゃん、ばあちゃんと子どもたちでした。

落ち穂拾いはたいがい、田んぼの中にある刈った稲を運び出してから。私は右利きです。落ち穂を拾うのは右手。右手で拾っては左手にためる。それがいっぱいになると、袋に入れるか畦元《あぜもと》まで出しました。刈り取りが適期であった時はさほど多くはありませんでしたが、天候の具合などで刈り取りが遅れた時や倒伏して穂先が地面にべったりと張り付くような時には落ち穂拾いは大仕事になりました。稲穂があちこちに落ちていて、簡単には終わらなかったのです。

子どもの頃の稲刈りはいまよりも遅く始まり、ややもすれば、終わるのが十一月の十日過ぎにずれ込むこともありました。日が沈むのはどんどん速くなり、田んぼの周りはあっという間に暗くなります。落ち穂拾いをしているうちに暗くなってしまったこともありました。暗くなって、一時も早く家に帰りたいと思ったのはいうまでもありません。子どもですから。こういう時、待っていたのは「帰るど」という父の言葉でした。家に帰ってもすぐに休めるかどうかはわからないのに、この言葉を聞くとものすごくうれしかったものです。

先日の夕方、父が病院のベッドの上で突然、言いました。「とちゃ、家に帰っていっぱいやろさ」。認知症がかなり進んでいて、いつも何をしゃべっているのかわからないことが多いのに、このときばかりは言葉がハッキリしていました。病室の窓からは夕焼けが見えました。真っ暗になるまで田んぼで働いてきた父の脳裏に浮かんだのは、ひょっとすると稲刈り仕事を終《しま》いにすることだったのかも知れません。

（二〇〇八年一〇月）

第四一話＊指相撲

妻の実家へ新年の挨拶に出かけた時のことです。義父母や義姉夫婦などと一緒に食事を済ませた後、義父と妻が、指相撲を始めました。義父のベッドに腰をかけ、親子で勝った負けたとやっている光景を見て、くすくす笑ってしましました。

指相撲は、人差し指から小指まで、お互いしっかりと組んで、親指だけを動かして相手の親指を一定時間押さえつけた方が勝ちになります。力だけでなく、瞬時に相手の親指を押さえこむ巧みさも求められる遊びです。盛んに親指をくるくる回しながら、つかまえようとして逆に押さえられてしまった妻。「わー、父ちゃん、やっぱり強いわ」「じゃ、今度は左手でやろさ」などとはしゃいでいました。

結婚してから三十数年、正月と盆には必ず妻の実家を訪問してきましたが、親子がこんな遊びで盛り上がる姿は見たことがありませんでした。親は八十代の半ば、子は五十代の半ばです。ともに子を持ち、親子関係のいろんな場面を経験してきています。お互いそれ相応に年を重ね、昔に戻って楽しむときの心地よさを知っていることもあると思います。でも、それだけではない、何か、微妙な変化が生まれているような気がしました。

先日も、妻から興味深い話を聴きました。たしか、十二月議会で私が忙しかった頃だったと思います。「俺は行けないよ」と言ったところ、妻が一人で実家に遊びに出かけました。夜遅くなってしまい、その夜、妻は柏崎の実家に泊まることになりました。嫁ぎ先が近いこともあって、泊まるのは数十年ぶりでした。十一時半過ぎまでたっぷりおしゃべりを楽しんで、さあー寝ようという段階になって、妻がどこで寝るかをめぐり義父母の間で「引き合い」が始まったというのです。「ここで寝ればいいこて。コタツのそばで寝ろや」「わたしの横で寝るよね。あったかいよ」。軍配は、言葉に力のある義父でなく、暖かいカーペットの上にさっさと娘用の布団を敷いた義母に上がりました。

義父母と妻の間に微妙な変化が生まれたのは、持病の間質性肺炎が悪化して義父が緊急入院した一昨年の五月以降です。

緊急入院した柏崎の義父が一か月後に退院して、自宅で療養生活するようになってから一年と七か月になりました。この間、人工呼吸器を付けたままになるかどうかの瀬戸際のところで自呼吸を再開した父親の生命力に感動したということがあります。「夏場を越えることができればいいのですが」とまで医師に言われていたにもかかわらず、二回の夏場を無事乗り越えることができた父親にたいして愛《いと》おしさが増したこともあるでしょう。義母も体力を落としつつあります。どうあれ、妻は、親がこれまで以上に大切な存在として感じられるようになったのだと思います。

義父は、デイサービスには一週間に一度だけ行きます。後は、在宅酸素療法をやっていることもあって、ほとんど外出しません。居間だったところには義父のベッドが置かれ、そこが義父の普段の生活空間となっています。トイレ、お風呂、それと「自分の仕事」にしている一階のカーテンの開け閉め以外はベッドの上での生活です。

これまで更年期障害からなかなか脱出できず、両親に心配をかけてばかりいた妻も、最近は、実家を訪ねることが多くなりました。自分が訪ねることで両親が生き生きする姿を見ることができるからでしょう。ひょっとすると、指相撲は実家へ行くたびに父親とやっていたのかも知れません。

（二〇〇九年一月）

第四二話＊手をつなぐ

先日、二十数年前のビデオを久しぶりに見て思わず微笑んでしまいました。このビデオは、妻の絵本作りをＮＨＫが取材し、放映してくれたものです。微笑んだのは私が長男の手をひいて歩いている場面です。長男はまだ二歳くらい、指しゃぶりをしてしっかり父親の手につかまっているではありませんか。

正直言って、私が子どもの手を引く、手をつないで歩いたというのはあまり記憶がありません。人間がたくさん歩いている都会へ一緒に出かけたこともありませんし、子ども会などで出かけた遊びの施設でも手をつないだ記憶が残っていないのです。でも実際はそうではなかった。買い物であれ、遊びであれ、小さな子どもたちと歩く時はいつも手をつないでいたんだと思います。ビデオを見たとき、「こんなときもあったのか。それにしても大きくなったもんだ」と思った次第です。

このビデオを見てから、最近は、親子などの手をつないでいる姿に目がいくようになりました。意識しようとしまいと、人と人が手をつないでいるところは、けっこう目にします。保育園や学校、デパートの中、商店街の通路、駅構内などひと組やふた組はかならずいます。

このあいだ、頸城区で、オレンジ色のベストを着た、だいぶ腰の曲がったおじいさんが小さな男の子の手を引いている場面にたまたま出合いました。通学バスの停留所まで送るところです。子どもさんはおそらく、小学校の一年生か二年生でしょう。ふたりは体を寄せ合って歩き、どちらがひっぱられているのかわからないようなところがあって、じつにほほえましい光景でした。そして、背を丸めて歩いているこのおじいさんの姿からは孫さんを大切にしている気持ちがあふれでていました。

手をつなぐのは親や祖父母が子どもや孫の手助けをする時だけではありません。その逆のこともあります。恋人同士が手をつなぐ姿もある。障がいのある人を支えて、手をつないでいるケースもあります。たくさんの「手をつなぐ」姿がありますが、そこに共通しているのは、手と手をつなぐことで人と人がつながっていること、心と心がつながっていることです。

二月の下旬。私は母を市内の病院へ連れて行きました。八〇歳を超えてもほとんど医者にかかることのない母ですが、これまで良かった視力が徐々に低下してきています。それで眼科にかかって治療を受けているのですが、受付を済ませ、呼び出しがあるまで待てばいいところまで付き添って、あとは母に任せて市役所へと急ぎました。会議があったからです。

この日、治療が終わってから母を家に送り届ける役目は弟に頼みました。診察が終わったのは正午過ぎだったとかで、弟は仕事先で待ちきれず病院まで行ってくれたとのことでした。たまたま、病院で弟と母の姿を見かけた人がいて、その人が翌日、私に教えてくれました。「おまんちのおばあちゃん、病院で弟さんに手をひいてもらっていなったよ」と。私は、病院で母と手をつなぐということを一度も思いついたことがなかっただけに、とても新鮮で、うれしく思いました。

私も還暦が近づいてきました。まだ体はしっかりしていますので、子どもや妻などの世話になることはまったく想像していません。でも、人生、いつ、何があるかわかりませんね。体力が落ちて弱った時に、だれか手をつないでくれる人がいるかどうか。そんなことを考えるようになりました。

（二〇〇九年三月）

第四三話＊ベニコブシ

八日の午前十一時頃でした。父が入院している病院から、「（父の）容態が急変した、すぐに来てほしい」と電話が入ったのは。市議選の応援で糸魚川市能生地区へ行っていましたので、高速道路で病院へ直行。病室に着くと、看護師さんたちが心臓マッサージをしているところでした。死亡が確認されたのは午前十一時五四分、私が病室に着いて数分後です。担当医に聞くと、痰がつかえたらしい。死因は急性呼吸不全でした。

父は今月の四日頃から熱が上がり、死亡した前日には三八度七分もありました。でもこの日の朝は下がりはじめ、三六度八分になっていましたので、いつものように回復してくれるものと確信していました。

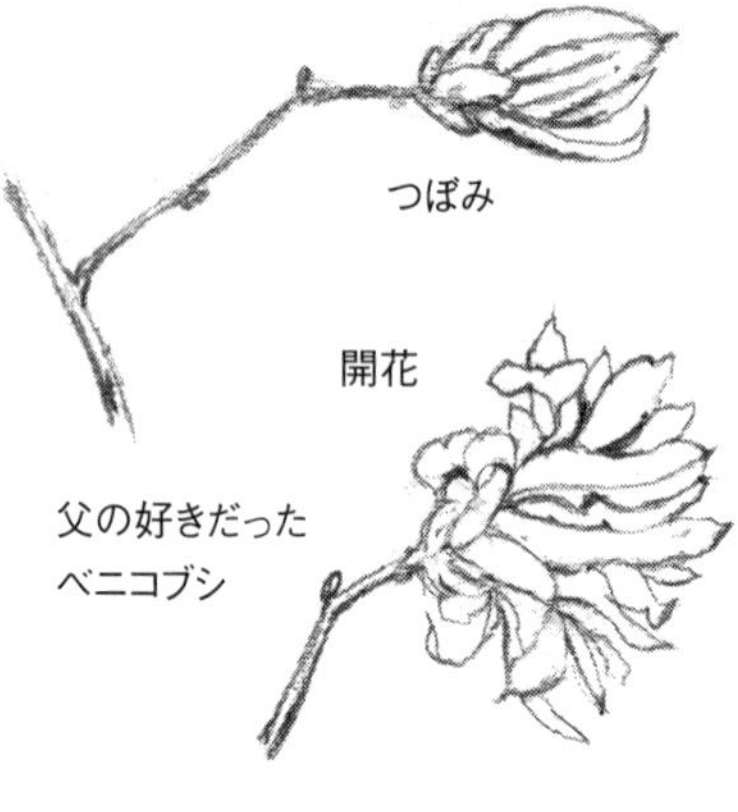

父とはこの日も朝の挨拶をかわし、五分ほど話をしました。話といっても、父の発する

言葉はほとんど分かりません。分かるのは、「おれ」「たばこ」くらいなもの。ただ、こちらの言わんとすることはほとんど理解できていたようで、こちらから質問すると、首を縦や横に振って回答してくれました。

父との最後の会話は午前八時五〇分頃でした。「夕方にはまた寄るからね。さみしくてもがまんだよ」と声をかけると、父は首を縦に振ってくれました。まさか、それから二時間後に急変するとは思いませんでした。

わが家の庭では七日、ベニコブシ（紅辛夷）が開花しました。父の大好きな花です。この花を父はミニコブシと呼んでいました。家にいたころは、お客さんが来ると必ず、「きれいだねかね。おらちのミニコブシ見てくんない」と言っていた自慢の木であり、花でした。家族は言うまでもないことですが、近所の人や親戚の人たちも何人かはこのことを知っていました。

というわけで、私はこのところ毎日、庭のコブシを観察し、いつ花が開くかと待ち続けていました。わが家のベニコブシ開花のニュースは誰よりも早く父に伝えたいと思っていたからです。

七日、私は咲き始めたばかりのベニコブシのひと枝を病室に持ちこみました。「ほら、じいちゃんが植えたコブシの花が咲いたよ。きれいだよ」と言って顔に近づけて見せると、父は大きくうなずいて喜んでくれました。花はリポビタンDの小瓶に入れ、窓際のテーブルの上にかざりました。体を窓側の方に向けてもらったときには、父の目に入ったはずです。病室のベニコブシは朝の段階では咲き始めたばかりでしたが、この日の夕方には満開といったらいいのでしょうか、パッと開きました。父はそれを見てホッとしたのかも知れません。

父がわが家に戻ったのは一年四か月ぶりです。午後二時過ぎ、家に着くと、庭のベニコブシは満開となっていました。そこへ父が戻ったことになります。この日は青空も広がり、ベニコブシの花がじつにきれいに見えました。気に入ったのは人間だけではありません。ハチたちもまたこのコブシの木の周りを飛び交っていました。車から父を降ろす時、父の声が聞こえたような気がしました。

「おい、とちゃ、見てみろ、ミニコブシがきれいに咲いているど」

父が家に戻ってから、親戚の人たちが次々とやってきました。父の姉妹三人も翌日には顔をそろえました。「じいちゃん、いいときに帰ってきたね」。親戚の人たちの間でもこのコブシが話題の中心です。十一日の葬儀の時、棺の中には父が好きだったものをたくさん入れてあげようと思っています。もちろん、ベニコブシの花も。

（二〇〇九年四月）

第四四話＊特別参加

わが家の次男が結婚し、先日、結婚式と披露宴を行いました。私たち夫婦の子としては一番最初です。若いふたりが数か月にわたって準備をしてきましたので、どんな企画で行われるのかとても楽しみでした。

結婚式はホテルのチャペル（キリスト教式の結婚式の雰囲気で結婚する為の施設）で執り行われました。花嫁は純白のウエディングドレス、新郎は白のタキシード姿です。バージンロードを歩く次男は背筋を伸ばし、いつもより背が高く感じられました。自分の子が大きくなって新しい旅立ちをする姿はいいものですね。

ふたりは家族、親戚、中学・高校時代の友人、元の職場の同僚など大勢の人たちが見守る中で結婚の誓いをしました。さぞかし緊張するにちがいないと思っていたのですが、ふたりが発する言葉は明瞭で、しかも落ち着いた雰囲気がありました。緊張したのはむしろ私の方です。私は妻と最前列に座って参列しましたが、新郎新婦が退場した後、一番最初に席を立ったり、バージンロードを歩くのかどうか迷ったり……。

式が終わってからは予想外の展開でした。チャペルを出てホテルのガーデン（庭）で参列者全員が風船を持ち、新郎新婦の合図でいっせいに飛ばしました。ガーデンはビルの谷間といった空間です。大空に飛び立っていく風船は希望を感じさせてくれます。みんなが空を見つめ、笑顔になりました。そして、同じ場所で記念撮影。カメラマンは参列者を見下ろす位置から撮りましたので、参列者はチャペルを見上げる姿勢で写っているはずです。次男によると、参列者へのお礼に使うのだとか。中学時代から「みんなで何かをする」経験を積んできたふたりならではの企画でした。

披露宴は涙の連続でした。この日の披露宴には八五歳の母と九〇歳を超えている新婦のおばあちゃんも参加してくれましたが、新郎新婦からこの二人へのプレゼントがありました。母は何も知らされていなかったようで、こぼれ落ちる涙をハンカチでふきつづけていました。新婦のおばあちゃんも泣きっぱなしでした。

披露宴には四月に他界した父も特別参加です。孫の結婚式を誰よりも楽しみにしていたのは父でした。披露宴では「三ころ突き」か「長持唄」を歌って盛り上げてあげたい。父が元気であれば、そう思っていたにちがいないと感じた妻は、結婚式の一週間ほど前、「ねぇ、じいちゃんにも結婚式に出てもらおうよ」と私に声をかけてきました。妻の提案は父の写真を持参することでした。もちろん、私は大賛成です。

父の写真は母がいるテーブルの上に置きました。写真は礼服を着て、白いネクタイをつけたものです。小さな額に入れ、新郎新婦の席の方に向けて立てました。これなら若いふたりの晴れ姿が見えます。スライドで大きく映し出された孫の顔も見えたはずです。そして父の出番がやってきました。参加者のトップをきって「長持唄」を披露してくれたのです。これは音声参加。「アーアーッ、きょうはなアーッ」。スピーカーから流れ出る歌声は喜びにあふれていて、会場に響きわたりました。

結婚式、披露宴ではふたりの成長した姿を確認できました。これが何よりもうれしい。次男はしゃべるのが苦手だったのに、いつのまにか余裕を持ってスピーチできるようになっていました。スライドを使った新郎新婦の紹介をじっと見ていたら、ふたりの息はぴったりでした。最後の新郎の挨拶。どんなにつらいことがあっても、名前のとおり生きていけば元気になれる、笑顔が出ますと挨拶しました。そういえば、この日、ふたりは最初から最後まで笑顔がいっぱいでした。

（二〇〇九年六月）

第四五話＊寄り添う

先日のことです。母の様子がおかしいと長女が教えてくれました。「頭がフラフラするらしい。すぐに医者に連れて行くまでもないとは思うけど、ちょっとへん」。そう言うのです。寝ている母のところに行くと、まったく元気がありませんでした。たまに頭を持ち上げようとしますが、その度に「だめだなぁ」と言います。

母はこれまでもフラフラして起きられなくなったことが何回かありました。たいがいは疲れからきています。夜遅くまでコンニャクづくりをしていてよく眠らなかった時とか、何日か連続で長時間にわたって畑仕事などをした時に同じような目にあっています。ひどい時には自力で用を足せなくなってしまったこともあります。それでも、医者にかかって点滴などの処置をしてもらえばじきに元気な状態に戻れました。

今回は、めずらしく下痢をして二日間も寝込んだ、その直後です。数日前、従姉が、

「ばあちゃん、最近、顔の色が黄色いね。どこか悪くない？」と言っていました。そして、もうひとつ、私が「一緒に寝てやるかね」ときいたところ、うなずいたのも気になりました。ひょっとしたら、これまでとは違った変化が体の中で起きているのかも知れないと思いました。

母の寝室には一年半前まで父がいました。ここは父と一緒に長年寝ていた部屋であり、入院する直前まで父がベッド生活をしていたところです。私は、父のベッドが置いてあった場所に布団を敷いて母と並んで寝ました。

布団に入ってもなかなか眠れませんでした。ティッ、ティッ。部屋にある、一秒ごとに時を刻む柱時計の音だけが聞こえてきます。そして、父がここで暮らしていた当時のことが次々と浮かびました。「おい、おい」と家族を呼んでいるところとか、父専用のレコーダーから氷川きよしや三波春夫の歌が聞こえてくる様子、それから、ベッドから滑り落ちて動けなくなった父の姿も浮かびました。

部屋にはタバコの臭いもまだ残っています。言うまでもなく、父の吸っていたタバコの臭いです。入院していた時、何をしゃべっているかよく分からなかったので、「何を言いたいがだね」と父にたずねたら、大きな声で「タバコ！」と答えるほどの愛煙家でしたので、体の状態が良い時はスパスパと吸っていたに違いありません。部屋に染みついたタバコの臭いもまた父を思い出すことにつながりました。

眠っている母は体をほとんど動かしませんでした。布団から小さな顔をちょこんと出し、寝息すら聞こえないほど静かに寝ています。そっと顔を近づけて様子をみると、体重が四〇キロにも満たない母はまるで子どものようです。ただ、顔はしわだらけ。改めて、「年をとったなぁ」と感じました。

真夜中に母が布団をめくって起きようとしました。「どうしたがだね」ときくと、「トイレ」と言います。抱き起こして、トイレまで連れて行こうとしたら、「なんともね。大丈夫」。そう言って、ひとりでトイレまで行きました。父や母の「なんともね」はあまり信用しない私ですが、これで、ずいぶん気が楽になりました。

母と一緒に寝たのはおそらくお盆泊りで母の実家に泊めてもらった時以来のことです。子どものころは、よそへ行っても母と一緒に寝ることで安心して眠ったものですが、母を安心させてあげるために一緒に寝たのは初めてでした。


（二〇〇九年六月）

第四六話＊ひぐらし

特別養護老人ホームほほ笑よしかわの里。ほんの数日間だけ入所する人をいれても入所者数はわずか三〇数人という小さな老人ホームです。この施設の南側の広場で年一回夏祭りが行われます。「ほほ笑」ふれあいまつりと名付けたこの祭り、たくさんの人たちが、いまかいまかと待ち望み、楽しみにするようになりました。

広場には毎回テントが張られ、焼きそば、漬物、お菓子などを売るお店も並びます。会場は入所者とその家族、ボランティア、区内の団体・グループ、地域の人たちでいっぱいになります。

この祭りのテーマは「ふれあい」「助け合い」。ここで、食べて、飲んで、歌や踊りなどをみんなで楽しむ。いろんな人たちが交流する。一見、どこにでもある感じの催しですが、みんなをとてもいい気分にしてくれるのです。

私が初めて「ほほ笑」ふれあいまつりに参加したのは数年前でした。久しぶりに会える人がいるはず、まずは会って励まそうと思ったら、その逆になりました。最初に再会した人は同じ集落に住んでいたHさんでした。「元気かねー」と声をかけたら、くりくりした目で私の顔を見て、「父ちゃんどうしたね、元気かね。母ちゃんは……。がんばんないや」という言葉が返ってきました。昨年は、お茶を何回もご馳走になったことがあるTさんから声をかけてもらいました。「おら、おまんの名前だけは忘れないよ。フフフ」。車いすから私を見上げるようにして言うTさんの色白の顔を見たら、ちょっぴり恥ずかしくなりました。

思いがけない出会いもあります。数年前、小学校で「特別授業」をさせてもらったことがあります。ふるさとの魅力の一つとして「もらい風呂」を例に「助け合い」の心を語りました。その時、目を輝かせて聴いてくれた一人にSさんがいました。彼はもう社会人でしょうが、祭りで会った時は高校生でした。家族の人が入所していて参加したのかと思いましたが、Sさんは祭りのボランティアとして参加していたのです。なんとなくうれしくなって、目で合図を送ると軽く会釈をしてくれました。

今年の「ほほ笑」ふれあいまつりは五回目。小雨がぱらつくあいにくの天候となり、入所者のみなさんは高齢者福祉施設・福寿荘の中からの見学です。会場となった広場のテント周辺には近くの町内会の人たちや入所者の家族、親戚の人、職員、ボランティアなどが集まりました。

毎回、祭りの盛り上げに一役買ってくれている太鼓演奏グループ・「鼓舞衆」、よさこいソーランの「百華踊乱よしかわ」のみなさんに加えて、今回は地元出身の歌手・三島みどりさんも参加してくれました。

三島さんは広場の中央で「津軽の花」などの演歌を丁寧に歌いあげました。もちろん、三島さんの持ち歌も。一〇年前に発売された「母の雪」には、「雪」という言葉が二〇回ほどでてきます。「雪という言葉を母と置き換えて聴いてみてください」という三島さんの呼びかけがあって、歌が始まった時、福寿荘の中にいた入所者のみなさんの方へと自然に目が行きました。母親への懐かしい想いをかきたてられたのでしょうか、窓のそばでじっと聴き入る女性の姿が目に映りました。

三島さんが歌っている間、ひぐらしの鳴く声が続きました。カナカナカナ。この鳴き声もまた郷愁をそそります。懐かしい思い出を伴い、人と人をつないでくれます。しとしと降っていた雨はいつの間にか止んでいました。

（二〇〇九年八月）

第四七話＊最後の手紙

長雨もようやくおさまり、お盆を迎えました。わが家や近くの親戚だけでも、春からこれまでに四人が亡くなりました。どの家にとっても今年は初めて迎えたお盆です。お参りに行ったり、来ていただいたりしましたが、いつもよりも先祖を近くに感じ、遠くからつながった命のことを考えるお盆となりました。

長年にわたって会社員として働き、退職後もいろんな仕事をまじめにコツコツとやってきたKさん。犬と散歩をしている時でも、こちらから手をあげると丁寧に頭を下げる人でした。このKさんの三十五日法要と納骨がお盆の最中に行われました。

Kさんの家でお寺さんからお経を読んでもらい、その後、法話を聴きました。正直言いますと、暑くて、最初はぼんやりと聞いていたのですが、お寺さんが身に着けておられた袈裟《けさ》についての話あたりから目がしっかりと開くようになりました。この布は縦と横の糸が織られてできたもの。縦糸が横糸と一緒になるおかげで布は強くなって、長持ちしている。人間も同じ……。祖先からの縦のつながりにたいする感謝の心とともに、一緒に生きている人たちとの横のつながりの大切さなどを教えていただきました。

法話を聴きながら、私は一枚の写真を思い浮かべていました。Kさんが若かりし頃、茶の間で撮った集合写真です。おそらく五〇年ほど前のものでしょう。写真にはKさんのキョウダイと母親、それに「イワサのばあちゃん」など当時の親戚の人が何人か写っていました。飯台を囲んで、みんな和やかな表情をしています。そのなかには、私の祖父・音治郎も着物姿で写っていました。

じつは最近まで、この写真に写っていたのは音治郎ではなくKさんの父親だと思っていました。Kさんの父親は私の祖父の弟です。不思議なもので、音治郎だと分かったことで、この写真がぐんと身近に感じられました。飯台の上には銚子が3本、大皿、小皿に入ったオカズが所狭しと並んでいます。Kさんの父親の亡き後、久しぶりに親類縁者が集まって楽しいひと時を過ごした時の一コマだったのかも知れません。どうあれ、私の父親の父親、そのまた父親までさかのぼると、Kさんと同じ命の源流にたどり着くことを改めて意識しました。

さて、Ｋさんの法要が終わってＨ家の墓へ行った時のことです。お昼ちょっと前の時間帯。墓のある小高い広場には大きな桜や杉の木などが枝を広げて立っています。北方向の土手から風が這いあがり、そのなかでアブラゼミやツクツクボウシの賑やかな鳴き声が聞こえていました。墓前で短いお経があって、息子さんなどが墓の中へ骨を納めました。そして、いよいよ墓石をずらして骨の入れ口を閉じようという時、亡くなったＫさんのお連れ合いが「これ、入れなきゃ」と言ってバッグから一通の封書を取り出しました。「読んであげたらいいですよ」とお坊さんに言われ、お連れ合いは手紙を広げ、読んでくださいました。「おじいちゃん、病気とのたたかいたいへんだったね。（中略）ぼくはＨという名前を未来につなぎます。安心して眠ってください」。手紙は、お孫さんからＫさんに寄せられたものだったのです。

納骨に参加できなかったお孫さんがおじいちゃんに出した最後の手紙。直前にお寺さんから、命をつなぐことをテーマにした法話をお聴きしたばかりです。親から子へ、子から孫へと伝わっていく命を感じ、胸が熱くなりました。

（二〇〇九年八月）

第四八話＊帰省

春に結婚し、石川県に住んでいる次男夫婦がこのシルバーウィークにわが家に帰ってきました。帰ってきたといっても今回はほんの数時間いただけですが、それでもわが家はにわかに活気づき、心地よい時間を過ごすことができました。

ふたりが帰ってきたのは連休の初日です。帰ってくる時間帯には私は仕事でいませんでした。妻はあらかじめ次男と連絡をとり、一緒に柏崎に出かける約束をしていました。柏崎の祖父母に結婚の報告をし、お礼の挨拶をしてくることが目的だったのですが、おもしろいことに若夫婦よりも妻の方が張り切っていました。

柏崎からなかなか帰ってこないので妻のところへ電話をして、「何時ころ帰る？」とたずねたら、「まだ一時間はいるんじゃない。あんたは来ないの」といった調子です。後で聞くと、次男夫婦が持ち込んだ結婚式などのアルバムで話がはずみ、柏崎の母が私たち夫婦の三十数年前の写真まで持ち出したということでした。「髪はふさふさ、スマートだったのが信じられない」「子どもと似ているわね」などと妻が言っていたことから推察すると、話題の中心はいつの間にか、若いふたりのことから私になったようです。やはや、やはや……。

次男夫婦と妻が戻ってきたのはそれから二時間ほど経ってから。私は事務所で仕事中でした。次男は戸を開けて、「ただいま」とひとこと言ってにっこりしました。白いポロシャツと黒のジーンズ姿は健康そのものです。その姿を見ただけでホットな気持ちになりました。

妻が次男と話をしている間、私は嫁さんを相手に周りの自然の案内役をしました。町場に住んでいた人なので、牛舎の周りにあるものは珍しいものばかりです。まずは細い竹です。道のそばには父が植えた黒竹があり、最近、どんどん増えています。竹を引っ張って見せると、興味深そうに見つめていました。次は、むかご。これも道沿いにたくさんあります。いくつかをもぎ取って、食べてみるようにと勧めました。口に入れても「何だろう」という顔をしているので、「山芋の実だよ。トロッとしているでしょ」と教えると「うちの父は山芋掘りをするんです」。嫁さんとはこれまで、ほんの少ししか言葉を交わしたことがなかったのに、会話は楽しく続きました。

この日、母もまた次男夫婦を待っていました。次男が結婚後、家を離れて住むことになり、一番さみしがったのは母でした。「ゲンちゃんいなくなって、おら、はらいね」と何度も言いました。母にとって、次男はどこへ行くにも三輪自転車のかごに入れて子守りをした大事な孫です。家に帰れば、うまいものを食べさせてやりたい、何か持たせたい。ずっとそう思っていました。

母はこの日、次男夫婦にぜひ食べてもらいたいと思うものがありました。押し寿司です。ヒジキ、ニンジン、でんぷ、かんぴょうなどを乗せた押し寿司は家族みんなに長年親しまれてきた味で、母の得意料理のひとつです。時間がなくて、家ではふたりに食べてもらえませんでしたが、嫁さんが実家に持って行ってくれました。もちろん、母は大喜びでした。

数十年前、遠くに住んでいた頃、親が住んでいる家に帰るのはとても楽しみでした。それが、この年になったら、家で子を待つ立場になりました。わが子は巣立ちをしても気になります。旅に出たツバメが戻ってきた時と同じように、帰省した子どもが元気な姿を見せてくれるのがこんなにもうれしいことだとは思いませんでした。

（二〇〇九年九月）

第四九話＊つるし柿

また木枯らしの吹く季節がやってきました。吉川区のシンボル、尾神岳が三回白くなると平場にも雪が降るといわれていますが、すでに一回白くなりました。母はいまのうちにと柿をもぎ、つるし柿をつくりはじめました。

つるし柿というのは、皮をむいた渋柿を細いワラ縄などではさみ、軒下などでつるして干す柿をいいます。母は、ワラ縄の代わりに白いナイロンの紐（ひも）を使って干しています。

母は先日、大潟区に住む私の弟に手伝ってもらい、柿もぎをしました。柿の木は牛舎の近くにあります。高さが三メートルほどしかない小さな木ですが、もいだ柿は洗濯用のたらいに山盛りにして二つ分にもなるほどたくさんありました。

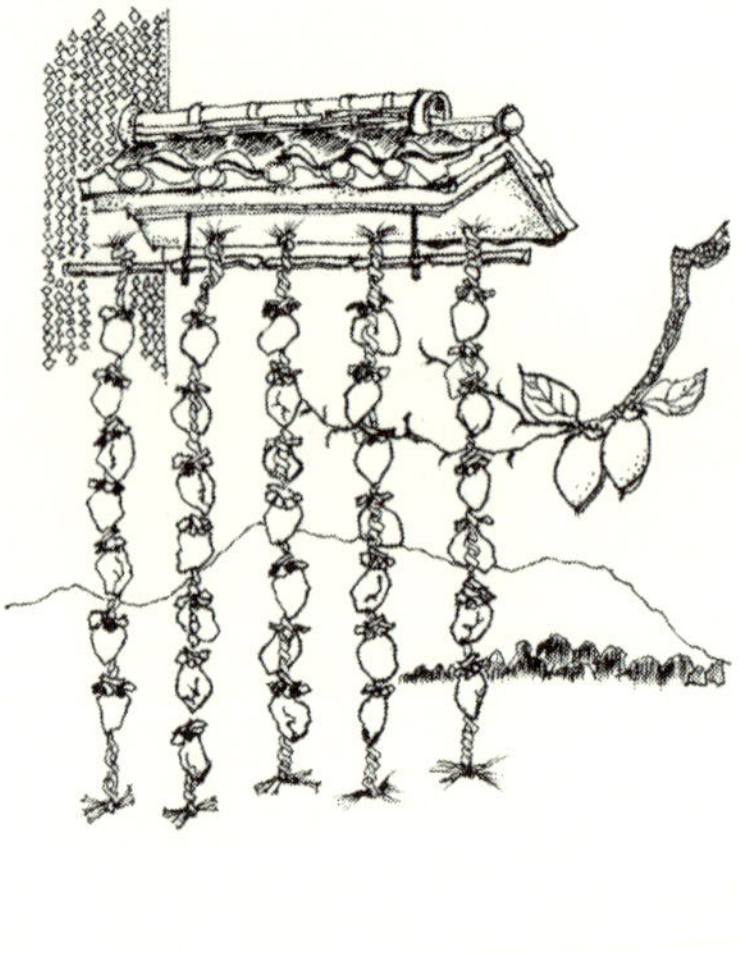

役所から私が家に戻ってきた時、母のつるし柿づくりがはじまっていました。日当たりのいい廊下が母の仕事場です。一つひとつ皮むきをし、たらいの中に積み上げた柿は朱色の山になっていました。

皮をむくと次はナイロン紐にくくりつける作業です。母は新聞紙を広げ、その上にナイロン紐をのばしておき、柿の山から一つずつ柿を取り出します。そして紐を両手で少し広げて、そこに柿のツボ（柿のヘタのことをいいます）をはさみます。紐を広げてはさむ動きはじつにゆっくりです。横から見ると、背中を丸くして作業をしている母の姿は針に糸を通そうとしているようにも見えました。その母が丸い大きな柿を手にして、しみじみと言いました。

「天気と風で、他に何にもしねがに、かわっかすけ……、こんげん丸っこいがかな」

まわりはとても静か。茶の間からは柱時計の音だけが聞こえてきます。外では近くのケヤキの枯れ葉がひらりひらりと舞い降りていました。

「おまん、紐にいくつぶら下げるがだね」

と母にたずねると、

「に、し、ろ、や、とぉ、一三だ」と答えが返ってきました。数えていたので、一本ごとに数が違うのかと思ったら、そうではありません。一本の紐に母がくくりつける柿の数はどれも一三個でした。

一三個というのは母が紐につるして持ち上げることのできる柿の最大の数です。おそらく母のことですから、最初は、子どもたちに一個でも多く食べさせてあげようと思ってつるしていたのでしょう。その数が一三個だったのです。これまで私は、一本の紐に何個つるしてあるかを数えたことはありませんでした。食べるばかりだったからです。もし今回、柿のツボを紐にはさみこんでいる母の丸い背中を見なかったなら、まだ数えることなく過ごしていたかも知れません。

紐にくくりつけた柿を二階へ持ち込み、軒下にある物干し竿を使って干すのも母がやっています。三〇年ほど前、屋根から落ちて大けがをしたことなどすっかり忘れ、つるし柿づくりに夢中になる母。干している間に渋柿が甘みをもった食べ物へと変わり、それを喜んで食べてくれる人の姿が思い浮かぶうちは母はつるし柿をつくり続けることでしょう。

敗戦後の、食糧難の時代を生きてきた人間にとって、つるし柿の甘味はいつまでも忘れることができない味のひとつです。柿を紐でくくりつけながら、母はもう一度つぶやきました。「天気と風で、他に何にもしねがに、かわっかすけなぁ」。

（二〇〇九年一一月）

第五〇話＊安否確認

「ひと月に一度は家に帰るよ」。そう言っていた次男がなかなか帰省しません。仕事がうまくいかないのではないだろうか。ひょっとしたら体調を崩したのかも……。そんなことが気になって妻と一緒に金沢市に住む次男夫婦のところへ行ってきました。

たまたま、出かけた日は風が強く、電車は遅れがち。私たちが乗ろうとした電車も大幅に遅れました。

金沢駅には予定よりも三〇分遅れて到着。次男夫婦が改札口の近くで待っていてくれました。私たち夫婦を見つけると、若い二人はニコニコ顔になりました。「やあ、久しぶり」「久しぶり」。手をあげて簡単な挨拶をしましたが、どうやら、元気にやっているようです。なんとなくホッとしました。

数日前、次男は、「土産を持ってきてくれるなら、いつも家で食べているりんごがほしい」と言いました。「はい、りんご」。ふじりんごが十個ほど入った袋を渡すと、また、にっこり。わが家で食べているりんごは長野県須坂市から毎年取り寄せているもので、蜜がたっぷり、甘味と酸味がうまく調和していて実においしいのです。

金沢では次男夫婦と一緒にお昼を食べ、二人の住まいを見学した後、みんなで兼六園を訪ねることにしていました。お昼は若い二人があらかじめ調べておいてくれたお店に入りました。日曜日とあって、かなり混んでいましたが、そう待たずに席につくことができました。

注文した食べ物は「ふやき御汁弁当」です。この店では金沢名物・「ふやき」が自慢です。出された御汁は「ふやき五色汁」といって麩（ふ）の中に人参、カボチャ、ほうれん草、ごぼう、しいたけなどが入っていて、じつにカラフルです。それと、小さな弁当箱の中にはしめじのうま煮、カボチャのいとこ煮、大根の甘酢漬け、タラコの昆布巻き、エビ、鯛の焼いたものなどが並んでいます。こちらも豪華です。食事をしながら、次男が勤めている会社のことや、新婚家庭を訪ねてきてくれた高校時代の友人の話などを聞きました。

兼六園は次男が案内してくれました。友だちが訪ねてくるたびにこの庭園に来ているようで、桂坂口から霞ヶ池、根上松へとスッ、スッと歩きます。テレビでしか見たことのない松や桜などの雪つりのワラ縄はきれいで、まさに芸術品でした。

あいにく、この日は途中から冷たい雨になってしまいました。外にいては寒いので、妻が時雨亭に入ってお茶を飲もうと提案、みんなで入ることにしました。時雨亭は木造平屋建てで、屋根はこけら葺きです。勤務先で茶道を教えていることもあって、お茶を飲んだ後、妻は生け花や掛け軸等を見ながら次男夫婦にいろいろと教えていました。この建物の中で次男夫婦と過ごした時間は妻にとって最高の時間となったようです。

わずか三時間の滞在、時間はあっという間に過ぎていきます。次男が運転する車で移動中のこと、ある民家の庭に柿の実が残っているのが目に入りました。「あっ、柿がある。隣の客はよく柿食う客だ。庭には二羽、にわとりがいた。裏庭には二羽、にわとりがいた」とやったら、妻に「お父さん、はしゃいでいる」と言われました。私は、次男夫婦と一緒にいるだけで満足でした。

帰りの電車の中で本を読んでいると、次男から笑顔マークのついた携帯メールが届きました。「今度、暖かい時にきないや」。いや、うれしいね。

（二〇〇九年一二月）

あとがき

「とちゃ、早く来てくれ。牛の仔が産まれるど」

今年の元旦、というよりもまだ夜が明けない時間帯に、父の声を聞き、びっくりして布団から飛び出しました。「とちゃ」というのは私のことです。玄関の戸をドンドンと叩く音までしたものですから、大急ぎで玄関の外まで出ました。

妻はけげんそうに私を見て、「いったい、どうしたというの」と言います。「じいちゃんが、牛、産まれるって言うもんだから…」そこまで言って、ハッとしました。そうだ、じいちゃんは亡くなってもういなかったんだ。もう、おわかりでしょう、父の声も玄関をたたく音も夢だったのです。

父が亡くなったのは昨年の四月八日です。その日のことは第四三話「ベニコブシ」に書きました。この時の話は、その日の夜遅くなってから一気に書いたものです。読者の方から、「葬式の準備で大忙しなのによく書けたね」と言われましたが、私の場合、時間があるかどうかはあまり関係ありません。心に響く出来事があるかないかが問題なのです。病院から父の遺体がわが家に到着した時、父が大好きだったベニコブシが満開となっていて、しかも、この木の付近には数百匹のミツバチがかたまりとなり、巣別れをしようとしていました。この偶然が偶然とは思えず、もう書かずにはいられませんでした。

私が書いた話のほとんどは牛飼いをしていたわが家の出来事です。牛飼いは数年前にやめたにもかかわらず、いまもなお、牛たちのことが頭から離れません。そして、わが家の牛飼いの歴史の中心にいたのは父であり、母でした。その父も数年前から認知症となり、要介護状態となりました。歩いていた父が歩けなくなる、トイレも風呂も思うようには行けない。そして父は緊急入院し、一年六カ月もの入院生活を送りました。この間だけでも様々なドラマがあり、心を打つ出来事がたくさんありました。

前著『春よ来い』(同時代社)を出版してから三年が経ちました。お陰様で『春よ来い』は地元、上越市内の書店で一一週連続ベストテン入りするなど多くの人たちから読んでいただきました。読んでくださった何人もの方々から、一年も経たないうちに「次の本、まだかね。早く出してくんない」という声が寄せられましたが、著者としてはこれほどうれしいことはありません。今回、やっと、こうした声に応えることができました。

今回の『「五センチ」になった母』は、市政レポートに書き続けてきた随想シリーズ、「なんだ坂こんな坂」「春よ来い」のなかから五〇話を選び、まとめたものです。いくつかの話はかなり手を入れてあります。話の中の大半は読者のみなさんも自分の暮らしのなかで体験されたことだと思います。前著同様、この本が家族のことやふるさとのことを考えるきっかけになればうれしく思います。

今回の出版にあたっては、前著と同じく、国際啄木学会の近藤典彦さんから身に余る推薦の言葉を寄せていただきました。このなかに書かれている、「かれはふるさとの中にいてこそ無限の生気をもらい、もらった生気をふるさとにお返しすることで生きている人」との指摘は、私が選挙のたびにキャッチフレーズとして使い、ホームページのトップにも掲げている「ふるさとは母　ふるさとは命」と重なります。一生の宝の言葉としてありがたく受け止め、今後もがんばっていきたいと思います。

また地元カメラマンの平田一幸さんからは数十万枚の写真の中からこの本にぴったりの写真を探し出してもらい、それを表紙に使わせてもらいました。さらに、同時代社の川上徹さんには、企画段階から出版に至るまで親切なご指導をいただきました。それから、もう一人、弟の橋爪勇がいました。弟には今回もカットを書いてもらいました。心から感謝します。

父は私の最初の随想集、『幸せめっけた』（恒文社）を出版した時、茶の間の自分が座る場所の横にいつもこの本を置き、紙が手あかで汚れるほど繰り返し読んでくれました。正月早々の夢に父が出てきたのも偶然ではないような気がします。「とちゃ、早く本、出せや」と催促したのかも知れません。この本を亡き父に捧げます。

二〇一〇年三月一〇日

橋爪　法一

著者略歴

橋爪　法一（はしづめ・のりかず）

1950 年新潟県上越市吉川区に生まれる。
1972 年新潟大学人文学部卒業。
1976 年より 2004 年まで酪農に従事。
1977 年より旧吉川町農業委員を 10 期。
1978 年より旧吉川町議会議員を 7 期。
町議会決算審査特別委員長、総務文教常任委員長などを歴任。
2005 年より上越市議会議員。現在、総務常任委員。

著書に『幸せめっけた』（恒文社）、『春よ来い』（同時代社）。
現住所　〒 949-3441
新潟県上越市吉川区代石 804 番地 1

「五センチ」になった母

2010 年 3 月 24 日　初版第 1 刷発行

著　者　橋爪法一
本文カット　橋爪　勇
カバー写真　平田一幸
発行者　川上　徹
発行所　同時代社
〒101-0065 東京都千代田区西神田 2-7-6
電話 03-3261-3149 FAX03-3261-3237
組　版　閏月社
印　刷　中央精版印刷（株）

ISBN978-4-88683-670-0　Printed in Japan